Petite pâtissière

プティ・パティシエール

恋《こい》するショコラはあまくない？

工藤純子 作
うっけ 絵

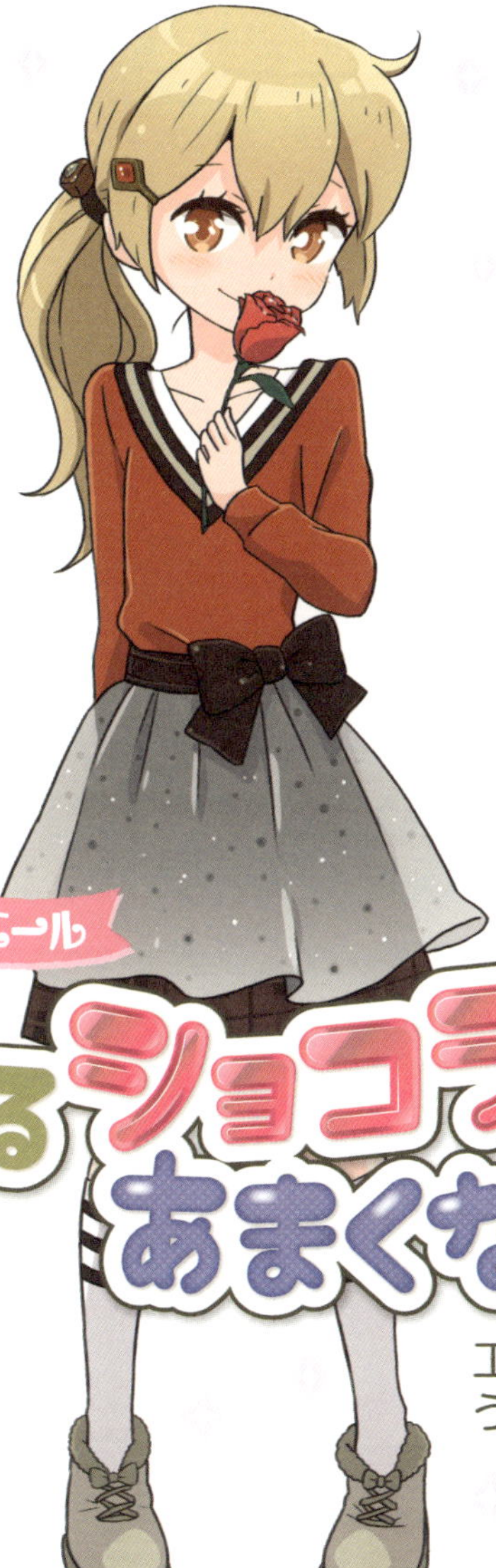

ポプラ社

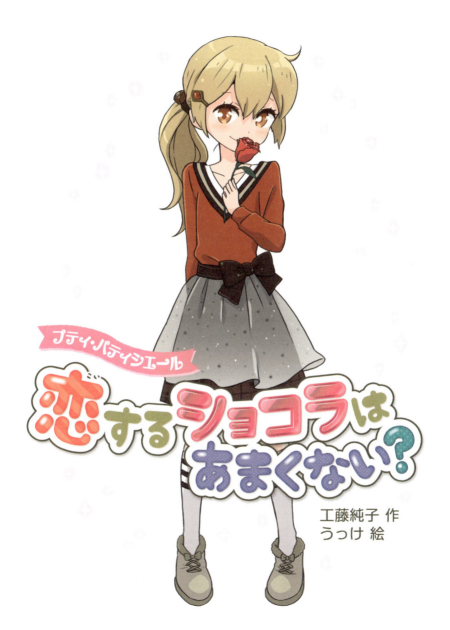

プティ・パティシエール

恋《こい》するショコラはあまくない？

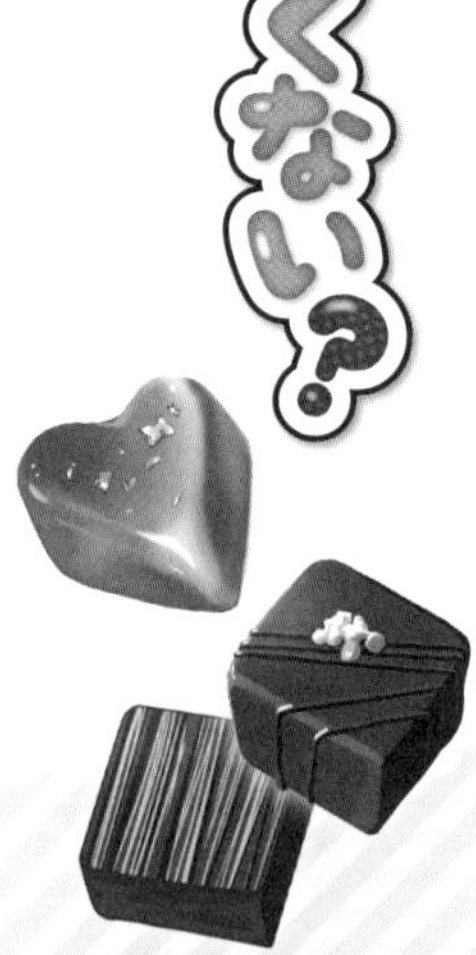

もくじ

登《とう》場《じょう》人《じん》物《ぶつ》紹《しょう》介《かい》

ピエール・ロジェ

「ピエール・ロジェ」の店主。超一流《ちょういちりゅう》の腕《うで》をもつ有名《ゆうめい》なパティシエでありながら、地《じ》元《もと》の人に愛《あい》されるこじんまりしたお店で日々お菓子を作っている。

吉沢《よしざわ》マリエ

小学５年生。

洋菓子屋《ようがしや》の娘《むすめ》。

小さなころからお菓子を作るのが大好《だいす》き！

世界一《せかいいち》のパティシエールを目ざしてフランスにわたり、兄のハルキがはたらく「ピエール・ロジェ」で、お菓子作りの修業《しゅぎょう》をスタート！

ルカ&ルナ

マリエと同い年のふたご。

「ピエール・ロジェ」の店主、ピエールさんの孫《まご》。

パティシエ…お菓子職人《しょくにん》
パティシエール…女性《じょせい》のパティシエ

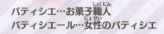

トニー

「ピエール・ロジェ」ではたらく、腕《うで》のいいパティシエ。

ルナ&ルカの両親《りょうしん》

「ピエール・ロジェ」で店番や、カフェコーナーのきりもりをしている。

吉沢《よしざわ》ハルキ

マリエの兄。ピエールさんにさそわれて、フランスへ。
マリエよりひと足先に「ピエール・ロジェ」で修業《しゅぎょう》をつんでいる。

如月《きさらぎ》杏《あん》（通称《つうしょう》 あんこ）

マリエの親友であり、よきライバル。和菓子屋《わがしや》「和心堂《わしんどう》」の娘《むすめ》で、「和《わ》パティシエール」を目ざしてがんばっている。

1 修業開始《しゅぎょうかいし》！

カタカタと、窓《まど》がふるえる音で目がさめた。

目をこすりながら、まだうす暗《ぐら》い景色《けしき》の中、窓をあけはなつ。冷《つめ》たい風がサーッと入ってきて、思わず首をすくめた。

葉《は》が落《お》ちて、骨《ほね》のような枝《えだ》をあらわにした木々。茶色くそまった山々。重《おも》い雲におおわれた空も、冬がきたと告《つ》げている。

うーんとのびをして深呼吸《しんこきゅう》すると、キンッと冷《ひ》えた空気で、体中が目をさますようだった。

フランスの小学校は、きょうから長い休みに入る。

「ジュリアさん、おはよう」

わたしは、ガラスの中にいるパティシエールの人形に話しかけた。

それは、世界的《せかいてき》に有名《ゆうめい》なパティシエ、ピエール・ロジェさんが、おくさんのジュリアさんにおくったというオルゴール。ジュリアさんは三年前に亡《な》くなってしまったそうで、オルゴールを見つけたわたしに、ピエールさんが、かしてくれている。

そういえばジュリアさんも、世界一のパティシエールになりたいといってたって、ピエールさんが教えてくれたっけ。

先に修業《しゅぎょう》にきていたお兄ちゃんや、まわりの人の応援《おうえん》のおかげで、わたしのパティシエール修業はやっと実現《じつげん》したけれど……まさかピエールさんのお店でほんとうに修業ができるなんて、まだ夢《ゆめ》を見ているみたい。

でも、これは現実《げんじつ》だっていう証拠《しょうこ》に、まっ白いコックコートの胸《むね》には、ピエール・ロジェの刺繍《ししゅう》がかがやいている。

コックコートを着て、鏡《かがみ》の前に立ち、髪《かみ》の毛と服装《ふくそう》を指《ゆび》さし確認《かくにん》する。

よし、だいじょうぶ！

わたしは、「いってきます！」とジュリアさんにいって、屋根裏部屋《やねうらべや》からはしごをおりた。

まだ、みんなねている時間だから、そっと階段《かいだん》をおりていく。すると、二階におりたところで、黄色いふわふわしたものにぶつかりそうになり、「きゃっ」と声をあげた。

「マリエ！」

それは、アニメキャラクターの着ぐるみを着たルナだった。日本のアニメ好《ず》きなルナは、いつもコスプレをしてるし、パジャマもキャラクターものが多い。冬は寒《さむ》いからって、もこもこした着ぐるみを着てねている。

それにしても、こんな時間におきてるなんて。朝は苦手《にがて》で、いつもぎりぎりまでねているくせに……。

「マリエ、こんな時間にそんなかっこうして、どうしたの？」

「ルナこそ……」

わたしたちは、おたがいをジロジロ見あった。

「あたしはさぁ、キッチンがうるさいから、トイレにいくついでに、ちょっとのぞいてみようと思って」

「キッチン？」

そういえば……。

キッチンから、カチャカチャと音がしている。朝ごはんの用意《ようい》には、まだはやい気がするけど。

ピエールさんの家のキッチンは、とても広くて使《つか》い心地《ごこち》がいい。プロの料理人《りょうりにん》が使うようなアイランドキッチンに、大型冷蔵庫《おおがたれいぞうこ》やオーブンがある。住《す》んでる人はだれでも、いつでも、自由《じゆう》に使っていいことになっているから、わたしもえんりょなくお菓子《かし》作りの練習《れんしゅう》に使わせてもらっている。

でも、こんなはやい時間に、だれだろう？　わたしも気になって、そっとキッチンのドアからのぞいてみた。

ふわっと、カカオのかおりがおしよせる。

「……ルカ？」

そこには、ルナとふたごの男の子、ルカがいた。見た目は似《に》ているけど、性格《せいかく》は全然《ぜんぜん》ちがう。それに、世界一《せかいいち》のショコラティエを目ざしている。いつもクールでそっけないのに、きょうは、なんだかうれしそう。

鼻歌《はなうた》まで歌いながらチョコレートをまぜている。

あんな顔、見たこともない。

わたしは、気づかれないようにドアをしめた。

「ルカって、冬がくるときげんがいいんだよね」

ルナが、あくびまじりにいう。

「どうして？」

「冬って、チョコレートの季節《きせつ》だから」

わたしは、「ああ！」と納得《なっとく》した。

以前《いぜん》、お父さんにきいたことがある。チョコレートは暑《あつ》いととけてしまうから、冬のほうがあつかいやすいし人気があるって。

「今朝《けさ》はとくに冷《ひ》えこんだから、ルカったら、うれしくてねてられなかったんじゃない？」

「そんなに、チョコレートが好《す》きなんだ……」

わたしは、あらためて感心《かんしん》してしまった。

「そういうマリエだって、なんだかうれしそうだけど？」

ルナにいわれて、あわてて手をふった。

「そ、そんなことないよ。きょうは特別注文《とくべつちゅうもん》が入ったから、わたしもしこみを手伝《てつだ》うことになってるの。大変《たいへん》なんだから」

そういいながら、口もとがゆるんでしまう。

ほんとうは、ルナのいう通り、うれしくてしかたなかった。だって、はじめてお菓子《かし》作りにかかわれるんだもん！

「ふ〜ん。ルカもマリエもがんばるねぇ。あたしは、もうひとねむりしルナは、ふあっとあくびをすると、階段《かいだん》をのぼっていった。

「しまった！　おくれちゃう」

わたしは、階段をおりて作業場《さぎょうば》にむかった。

「おはようございます！」

いわれた時間よりもはやく作業場に入ったのに、もうピエールさん、トニーさん、お兄ちゃんは仕事《しごと》をはじめていた。

「おそくなってすみませんっ」

あわてていうと、ピエールさんがにこっとわらった。

「おはよう、マリエ。ちっともおそくないよ。朝はやくから、手伝《てつだ》ってもらって悪《わる》いね。きょうは、パーティー用のケーキの注文《ちゅうもん》が入ったんだ。

トニーについて、いろいろやってくれるかい？」

「はい！」

わたしは、はりきって答えた。トニーさんのよこにいって、「よろしくお願《ねが》いします！」と頭をさげる。

「ああ」

トニーさんは、フルーツをよりわけながら、ぼそっといった。

トニーさんはフランス人のパティシエで、ここ、アントルーノの村に、おくさんと住《す》んでいる。ずいぶん前から、

ピエールさんのお店ではたらいているらしい。でも、実《じつ》はわたし、トニーさんがちょっと苦手《にがて》。年はお父さんより少し上くらいだと思うんだけど、不愛想《ぶあいそう》で無口《むくち》で……こうして面《めん》とむかうと、息《いき》がつまってしまいそう。

「いまから、ケーキに使《つか》うフルーツをカットする」

トニーさんの手もとには、たくさんのオレンジがおいてあった。

「オレンジの皮《かわ》をむくことはできるか？」

「はい、できます。家でもやってましたから」

トニーさんはうなずくと、目の前で皮をむいて見せた。くだものナイフでヘタの部分《ぶぶん》を切ると、オレンジをくるくるまわしながら、皮をむいていく。

「こんなふうにむいてほしい」

トニーさんがさしだしたオレンジは、身《み》の部分だけきれいにのこっていた。しかも、はやい！

わたしはオレンジを手にとって、トニーさんにいわれた通りにやってみた。

でも、倍《ばい》くらい時間がかかるし、ところどころに皮《かわ》がのこってる。トニーさんのむいたオレンジとくらべると、差《さ》がありすぎて、はずかしかった。

「そのオレンジは、ケーキのあいだにはさむから、少しくらい見た目が悪《わる》くてもだいじょうぶだ」

わたしの切ったオレンジを、ちらっと見たトニーさんがいった。なぐさめてくれたのかもしれないけど、わたしはますます落《お》ちこんだ。

わたしがつぎのオレンジのカットをはじめると、トニーさんはしぼりぶくろにクリームをつめはじめた。かた手にしぼりぶくろをもち、もうかたほうの手には、ステンレスの小さな台をもっている。
いったい、何をするんだろう？
わたしは、手をとめてじっと見つめた。
手慣《てな》れたようすで、クリームをしぼりながら、小さな台をクルック
ルッとまわしていく。口金《くちがね》からは、ひらべったいクリームがでてくる。
しんのようなものを作って、そのまわりに、
まきつけるようにしぼっていくと……。
「バラ⁉」
思わず、声にだしてしまった。
トニーさんは、わたしのことを気にする
ようすもなく、手を動《うご》かしつづけている。
「きょうは、パーティーだといっただろう。

ケーキや皿《さら》をかざるためのクリームをしぼってるんだ」

そっか……。

クリームでバラをたくさんしぼって、それでケーキや皿をかざるんだ。それにしても、すごい。まるで機械《きかい》のように正確《せいかく》に、同じ形、同じ大きさのバラができあがっていく。しかも、手ばやい。

これが、プロということ？

「マリエ、手がとまってるぞ」

トニーさんが、こちらを見もしないでいった。

「は、はい！」

わたしは、あわてて手を動《うご》かしはじめた。それでもやっぱり、よこ目でちらちら見てしまう。

トニーさん、上手《じょうず》だな……。でも、クリームしぼりだったら、わたしだって得意《とくい》だもん。教えてもらえれば、すぐにあれくらいできるはず！

オレンジの皮《かわ》むきだって、いくつかむいただけで、ずいぶんうまくなった。これくらいできていれば、ほめてもらえるかもしれないと思った、そのとき。

「まだまだだな」

トニーさんが、わたしのむいたオレンジをじっと見ていた。

「え？」

まゆをひそめる。どこがダメなのか、わからなかった。

「皮むきくらいかんたんだと、いいかげんにやってるのがよくわかる」

「い、いいかげんだなんて。わたしの家はパティスリーだし、フルーツの皮むきなんて、いままで何度《なんど》もやってきました！」

わたしは、思わずいいかえした。小さいころから、お店の仕事《しごと》は何でもやってきた。

「ほお、家がパティスリーだから、何でもできるというのか?」

トニーさんのいい方に、カチンときた。

「もちろんです。クリームしぼりだって得意《とくい》です」

わたしは胸《むね》をはった。

「そんなに自信《じしん》があるなら、これと同じようにしぼってみなさい」

トニーさんは、しぼりぶくろにさっきとちがう口金《くちがね》をつけると、トレーの上にスーッと一本クリームをしぼった。

これと同じようにって?

わたしはびっくりした。二十センチくらいのまっすぐな線。これくらい、だれだってしぼれそうに見える。ましてやわたしは、家でも毎日のようにクリームをしぼってたんだから……。

わたしはしぼりぶくろを受《う》けとると、
となりに同じ長さのクリームをしぼった。
「同じように、できていると思うか？」
そういわれて、トニーさんの
クリームと見くらべた。
同じようにやったつもり……だけど、
トニーさんのクリームは太さが同じで
まっすぐなのに対《たい》して、わたしのはところどころ
太さがびみょうにちがって見えるし、わずかに曲《ま》がっている。
小さいことではあるけれど、ならべてみると大きくちがって見えた。
「どうだ？」
きかれて、ことばがでなかった。自分の未《み》熟《じゅく》さを、思い知らされた気

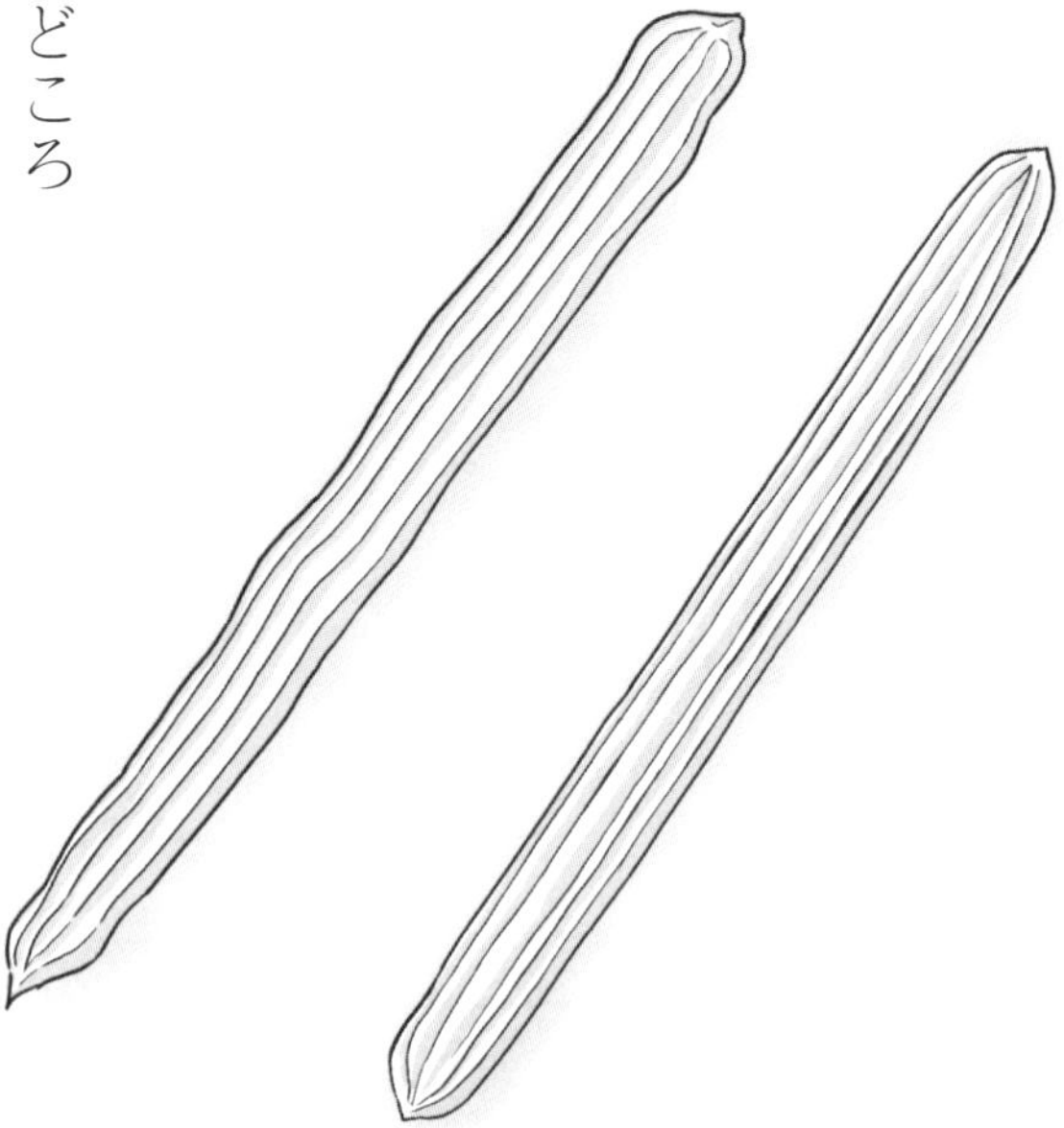

分。バラどころか、まっすぐな線一本、満足《まんぞく》にしぼれないなんて……。

「少しくらいできるからと、自信過剰《じしんかじょう》になるな。家のお手伝《てつだ》いとプロの修業《しゅぎょう》はまったくちがう」

家のお手伝いといわれて、顔が熱《あつ》くなる。

「わかったら、オレンジの皮《かわ》むきにもどりなさい」

「はい……」

そういったけど、オレンジをむきながらムカムカした。パティスリー・ヨシザワでやってきたことを否定《ひてい》されたような気分。

「できましたっ」

さっきよりもずっとていねいにむいたオレンジを見せたけど、やっぱりトニーさんは首をふった。

わたしは、負《ま》けるもんかと、オレンジの皮をむきつづけた。

ある日のマリエの1日

パティシエール修業中《しゅぎょうちゅう》の
わたしの1日は
こんな感《かん》じよ！
楽しそうでしょ？

05:30 起床《きしょう》

着がえたら、キッチンでクリームしぼりの自主練習《じしゅれんしゅう》よ！

07:00 朝食

いちばん早起《はやお》きした人が朝食の当番《とうばん》！
わたしは、和食《わしょく》を作るときもあるよ。

09:00 勉強会《べんきょうかい》

パティシエールには、学校の勉強も大事《だいじ》！ ルナといっしょに、ルカに勉強をおしえてもらうの。

11:30 昼食

午後《ごご》からの修業にむけて、気合いを入れるよ。

13:00 ピエール・ロジェで修業

あこがれのピエール・ロジェの作業場《さぎょうば》に入るよ。
いそがしくて目がまわりそうだけど、がんばってるよ！

19:00 夕食

ごはんを食べながら、みんなとおしゃべり。
修業のあとは、おなかがへってたくさん食べちゃう！

21:30 就寝《しゅうしん》

おかしの本を読んだり、日本にいる
両親《りょうしん》や友だちに手紙を書いたり……。
お部屋《へや》でくつろいでから、ねむるよ。

2 ピエールさんのことば

学校がお休みに入ったら、一日中作業場《さぎょうば》にいられると思ったのに、ピエールさんにとめられた。

「いいパティシエになるためには、学校の勉強《べんきょう》も大事《だいじ》だよ」って。

でも、わたしはもっと、お菓子《かし》作りの練習《れんしゅう》がしたかった。少しでもはやく、トニーさんを見かえしたい。みとめてもらいたい。

だったら……朝はやくおきて、やるしかない！

そう思ったわたしは、こっそりおきて、キッチンでクリームしぼりの練習《れんしゅう》をすることにした。

朝はやくキッチンにいくと、必《かなら》ずルカもいる。でも、ルカはマーブル台を使《つか》うし、わたしは調理台《ちょうりだい》を使うから、相手《あいて》をじゃますることもない。

クリームしぼりは、ショートニングを使って、何度《なんど》もくりかえした。トニーさんみたいなバラもしぼってみたけど……やっぱりうまくいかない。

でも、いつか絶対《ぜったい》に成功《せいこう》させてみせる。

トニーさんに「お手伝《てつだ》い」なんていいわせないためにも、はやくうまくなって、びっくりさせてやらなくちゃ！

それから朝ごはんを食べて、午前中《ごぜんちゅう》は勉強《べんきょう》の時間、午後から修業《しゅぎょう》というスケジュールになった。

そんなある日、ルナが、屋根裏部屋《やねうらべや》に通じるはしごの下からよびかけてきた。

「ねぇねぇ、マリエもいっしょに、リビングで勉強しようよ！　ルカが教えてくれるって」

「え？　ルカが？」

なんか、意外《いがい》。ルカなら、「自分のことは自分でやれ」とつきはなしそうなのに。

それにルカだって、学校の勉強よりも、ショコラティエの勉強をしたいんじゃないの?

そう思いながら、勉強道具《べんきょうどうぐ》をもってリビングにいくと、その疑問《ぎもん》はすぐにとけた。

「ルカったら、あたしとマリエの勉強を見るように、おじいちゃんからいわれたんだって」

「ふーん」

ルナは、さらに声を落《お》としてひそひそといった。

「じゃないと、チョコレートにさわらせないって」

「うわ。それ、きついね」

わたしも声をひそめた。

「そのうえ、ちゃんと教えたら、カカオ成分《せいぶん》が高い高級《こうきゅう》チョコレートをとりよせるって、おじいちゃんと約束《やくそく》したんだって」

そんなものでつられるなんて、ルカらしい……。

でも正直、教えてもらえると助《たす》かる。

小さいころから、お父さんやお兄ちゃんといっしょにフランス語を勉《べん》強《きょう》してきたわたしは、日常会話《にちじょうかいわ》のほうはあまり問題《もんだい》ないんだけど……。

やっぱり、フランス人の子たちといっしょに、フランス語で授業《じゅぎょう》を受《う》けるのは大変《たいへん》だ。たまに知らない単語《たんご》がでてきて、とまどうことがある。

「ルカって、成績優秀《せいせきゆうしゅう》なんでしょう？」

「そうだよ。先生から、飛《と》び級《きゅう》しないかっていわれたくらい」

ルナの返事《へんじ》に「へぇ！」とおどろいた。フランスは、日本とちがって「飛び級」っていう制度《せいど》がある。成績のいい人は、ほんとうの学年より上にいけることがあるらしい。それだけでもびっくりなのに、なんと成績が悪《わる》い人は、進級《しんきゅう》できない「落第《らくだい》」があるっていうから、もっとびっくりだ。

「落第《らくだい》」なんかしたら、さぞショックだろうなぁって思うのに、ルナはのんきにいう。

「あたしなんて、いつも落第しそうなのに、ぎりぎりセーフなんだよ。落第した子たち、楽しそうに勉強《べんきょう》してるのになぁ」

そんなふうに、うらやましそうにいっている。落第したいなんて思う子はほかにいないと思うけど、できるまでやってからつぎのステップに進《すす》むというやり方は、日本と少しちがう。国がちがうと、考え方もちがうんだなって思った。

「じゃあ、どうしてルカは飛《と》び級《きゅう》しないの？」

「めんどうだからだって」

「めんどう？」

何それ？　せっかくのチャンスのような気がするけれど。

「テスト受《う》けたり、面談《めんだん》したりしなくちゃいけないから、そういうの、めんどうなんだって。ルカは、チョコレートにしか興味《きょうみ》ないんだよ」

そういって、ルナはため息《いき》をつく。ルカらしいなと思って、クスッとわらった。

そういえば、ルカは学校でも「ショコラ王子」なんていわれている。

それは、バカにされてるというよりも、一目《いちもく》おかれてるって感《かん》じなんだけど。

「おしゃべりしてないで、ちゃんとやったらどうだ」

リビングにルカがやってきて、ドカッとぶあつい本をおいた。

「マリエは、算数は得意《とくい》みたいだから、フランス語のほうをみっちりやるんだ。ルナは、とにかく計算問題《もんだい》を徹底的《てっていてき》にやれっていっただろう?」

いきなり、先生みたいなことをいう。

「昼までにおわらせないと、飯《めし》ぬきだぞ」

お昼ぬきとまでいわれて、ルナもやっとやる気になったみたい。あわててノートにかじりつくと、計算をはじめた。

お昼ごはんを食べて、わたしは散歩《さんぽ》にでかけた。にぎやかな商店街《しょうてんがい》とは逆方向《ぎゃくほうこう》の、森や公園がある通りを、のんびりと歩く。やわらかい日ざしがあたたかくて、コートを着なくても寒《さむ》くなかった。

このあと、午後《ごご》の修業《しゅぎょう》がはじまることになっている。

フルーツの皮《かわ》むきはやらせてもらえるけど、ダメだしばかり……。クリームしぼりを教えてほしいとたのんでも、さわらせてももらえなかった。ずっとこのまま、フルーツの皮《かわ》むきしかやらせてもらえなかったらどうしよう。

「教えてくれるのが、ピエールさんだったらよかったのにな」

思わず、ひとりごとがでた。

「わたしをよんだかい？」

すぐうしろから声がして、ふりむきざまに目をまるくした。

「ピエールさん！」

コックコートにカーディガンをはおったピエールさんが、にこにこしている。

「休けい時間は、なるべく歩くようにしてるんだ。ほら、こんな体形《たいけい》だろう？　運動《うんどう》しないと、体に悪《わる》いよって、ルナにしかられてね」

そういって、自分のお腹《なか》をなでている。ピエールさんのどっしりした体つきは、安心《あんしん》や親しみを感《かん》じさせるから、わたしは好《す》きだけど。

「いっしょに散歩《さんぽ》していいかな？」

「もちろんです」

わたしは、ピエールさんとならんで歩いた。何もしゃべらなくても、おだやかな空気で居心地《いごこち》がいい。でも、これがトニーさんだったらどうだろう。きっと、ぴりぴりして、落《お》ちついて散歩なんかできない。

想像《そうぞう》したら、思わずため息《いき》がもれた。

「おや？　なやみでもあるのかい？」

ピエールさんに見ぬかれて、ドキッとした。

「いえ……。なやみってわけじゃ、ないんですけど」

胸《むね》にたまっていた思いがあふれそうになって、ふかく息をはきだした。

「わたし、トニーさんにきらわれてるような気がするんです」

「どうしてだい？」

「だって……」

わたしは、いまだにかんたんな仕事《しごと》やフルーツの皮《かわ》むきしかさせてもらえないこと、パティスリー・ヨシザワでやってきたことを、「お手伝《てつだ》い」といわれたことなんかを話した。

「わたし、ピエールさんに教えてほしいです！」

一気にいうと、ピエールさんは目をぱちくりさせた。そして、ハッハッハとごうかいにわらいだす。

わたしはきょとんとして、失礼《しつれい》なことをいっちゃったのかもと、顔が熱《あつ》くなった。

「いや、すまないね。マリエが、あまりにも必死《ひっし》な顔でいうから……」

そういって、涙《なみだ》までぬぐっている。

「いまの話で、わたしはますます確信《かくしん》したよ。マリエに教えるのは、わたしよりもトニーのほうがふさわしいってね」

え？　それって、どういう……。

「トニーは、パリの有名《ゆうめい》なホテルにいたんだ。お菓子《かし》のコンクールで入賞《にゅうしょう》したことが何度《なんど》もあるくらい、優秀《ゆうしゅう》なパティシエなんだよ」

トニーさんが、パリのホテルで？　イメージがわかない。

「じゃあ、どうしてピエールさんのお店ではたらいてるんですか？」

知らず知らず、わたしの声がとんがった。

そんな優秀《ゆうしゅう》なパティシエだったら、有名《ゆうめい》なお店やホテルからもさそわれるだろうし、自分でお店をもつことも考えるはず。

そんな話、とても信《しん》じられない。

「さぁ、どうしてかは、わたしにもわからないけどね。しかし、お菓子《かし》にむきあう姿勢《しせい》を見てればわかる。あれは、悪《わる》い人間じゃないよ」

「そうかもしれないけど……」

「そのうち、マリエにもわかるさ」

ピエールさんはにこっとわらって、お店のほうにもどっていった。

3 お兄ちゃんの恋人《こいびと》!?

わたしは気もちを切りかえて、お店にもどった。
深呼吸《しんこきゅう》をひとつして、作業場《さぎょうば》に入る。とたんに、
「クレーム・シャンティはまだか！」
という、トニーさんのきびしい声がとんできた。お兄ちゃんがあわてて、
「いますぐ！」と答える。お兄ちゃんも、トニーさんにしごかれている
みたい。
わたしは「よろしくお願《ねが》いします」ってあいさつをして、すぐにあら

い場にむかった。

すでに、ボウルや型《かた》やなべが、山づみになっている。

いそがしそうなふんいきにおされて、わたしもすばやく手を動《うご》かした。

あらい物《もの》をしながら、ピエールさんやトニーさんがケーキを作っていくようすをちらちらと見る。

クリームをしぼるときのしんけんな目。フルーツをかざるときのあざやかな手つき。そんなようすを見ているだけで、ため息《いき》がもれた。

「マリエ、そこのたまごをわって」

トニーさんにいわれてそちらを見ると、
ボウルに三十こくらいのたまごがつんであった。

「それがおわったら、はくりき粉《こ》をはかってふるいにかけて」

「はい……」

「気をぬかずに、集中《しゅうちゅう》してやるんだぞ」

くちびるをかみしめて、たまごのボウルにむきあう。やっぱり、かんたんな仕事《しごと》ばかり……。つい、たまごをわる手に力が入りそうになるけれど、失敗《しっぱい》なんてしたら、たまごもわれないのかといわれてしまいそう。

ピエールさんがいったように、トニーさんがいい人とは思えない。

そのとき、お兄ちゃんが「休けいにいってきます」といって、作業場《さぎょうば》をでていった。

あとで、お兄ちゃんにグチをきいてもらおう。お兄ちゃんだってトニーさんにしごかれてるから、きっとわたしの気もちをわかってくれるはず。

そう思っていると、お店のほうから明るい声がきこえてきた。

「ボンジュール、ハルキ！」

ひょいっと、顔だけだしてみる。

あれ？　また、あの女の人……。

「やぁ、クリスティーヌ。きみはチョコレートのケーキがほんとうに好《す》きだなぁ」

お兄ちゃんの顔が、パッと明るくなった。あんなにくだけた感《かん》じで、女の人と話すのを見たことがない。

うす茶色のきれいにカールした髪《かみ》。目鼻立《めはなだ》ちが整《ととの》って、スタイルもばつぐん。美人《びじん》……ううん、超《ちょう》美人だ。

「だって、ここのケーキは最高《さいこう》だもの。

それよりハルキ、休けいなら、ちょっと散歩《さんぽ》しない？」

「ああ、いいよ。ちょうど外にでたいなと思ってたところなんだ」

お店のドアをあけて、ふたりは仲《なか》よさそうにでていってしまった。

「あれ、マリエも休けい？」

店番をしてたルナが、パッとスツールから立ちあがる。

「あ、ううん！」

たまごをわってる最中《さいちゅう》だったことを思いだして、ハッとする。ぐずぐずしてると、またトニーさんにしかられてしまう。

でも……なんか気になる。

「いまの人、最近よくくるよね」

「あぁ、クリスティーヌ？ そうだねぇ。前からきてたけど、最近は週に二、三回、きてるよね」

「そんなに？」

「うん。演劇《えんげき》かなんかをしてる人みたいだよ。チョコが好《す》きで、いつもチョコレートケーキを買っていくの」

「ふーん」

「ハルキと仲《なか》よしだよね。あ、もしかしてふたり、つきあってるとか？」

ルナが、何でもないことのようにいうから、わたしのほうが「えー!?」っておどろいてしまった。

「だって、美男美女《びなんびじょ》で、ぴったりじゃない」

「そ、そんなことないよ」

「おにあいだと思うけどなぁ」

あわてて否定《ひてい》しても、ルナはのんきに首をかしげる。そんなの、たいした問題《もんだい》じゃないって思ってるみたい。わたしは、ふたりのことが気になってしかたなかった。

「マリエ！」

作業場《さぎょうば》から、トニーさんがよんでいる。わたしは、「はい！」と返事《へんじ》をした。

お兄ちゃんったら……。帰ってきたら、ちゃんときかなくちゃ！

休けいから帰ってきたお兄ちゃんは、すぐに仕事《しごと》にとりかかって、話すチャンスはなかった。夕はんのときは、みんながいるし……。

ねる時間になって、わたしはお兄ちゃんの部屋《へや》にいってみた。

わたしは屋根裏《やねうら》部屋だけど、お兄ちゃんの部屋は三階《かい》にある。

ノックすると、「どうぞ」と返事があった。

「お兄ちゃん」

ひさしぶりに、ゆっくり日本語で話せるような気がしてうれしかった。

お兄ちゃんは、つくえでノートに何かを書きとめていた。ちらっと見ると、お菓子《かし》のレシピみたいだ。

じゃましちゃったかな、と思ったけど、お兄ちゃんは手をとめて、にっこりとわらった。

「マリエ、めずらしいじゃないか。もう九時すぎだし、ねむいんじゃないか?」

子どもあつかいされたようでムッとしたけど、ほんとうはお兄ちゃんのいう通り、ちょっとねむい。

「だいじょうぶだよ。それより、いま、時間ある?」

「ああ、いいよ。マリエがあんまりがんばってるもんだから、ぼくも負《ま》けられないなと思って」

お兄ちゃんは、ちょっとてれたようにノートを見た。そういわれると、わたしも悪《わる》い気はしない。問《と》いつめてやる！　って思っていた勢《いきお》いがなくなって、えんりょがちにきいた。

「たいしたことじゃないんだけど、ききたいことがあって」

「何？　お菓子《かし》のこと？」

「ううん。あの、その……」

「何やってんだよ」

ドアのところでもじもじしてたわたしは、急《きゅう》にフランス語で話しかけられてびっくりした。

「ル、ルカ！」

「じゃまなんだけど」

「じゃ、じゃまって、ここはお兄ちゃんの……」

「そう。だから、ハルキに用があるんだ」

「お兄ちゃんに？」

ルカはわたしをおしのけると、部屋《へや》の中に入っていった。

「ハルキ、ちょっとたのみがある」

「いいよ、何？」

「実《じつ》は、クリスティーヌに……」

「クリスティーヌ!?」

思わず大きな声がでて、ふたりが同時にふりかえる。

「あ、えっと……。どうしてルカが？」

どぎまぎしながらきいた。お兄ちゃんも、首をかしげてルカを見る。

「ハルキ、クリスティーヌと仲《なか》がいいだろ？　今度《こんど》、オレのチョコレートの試食《ししょく》をたのんでほしいんだ」

「べつに、仲《なか》がいいってほどじゃないけど……。どうしてクリスティーヌに？」

「彼女《かのじょ》、公演《こうえん》でヨーロッパ中をまわってるだろ？　どこにいっても、必《かなら》ずチョコレートを食べてるってきいたから」

「なるほど。そんなチョコレート好《ず》きに、自分のチョコを評価《ひょうか》してほしいってことか」

「うん。ルナとか、身近《みぢか》な人ばっかりじゃ、いつも同じような意見《いけん》だからさ」

そういうこと……。ああ、びっくりした。

「わかった。クリスティーヌにきいてみるよ。それでマリエは、どんな用事《ようじ》？」

お兄ちゃんに見つめられて、ルカもこっちを見る。とても話せるふんいきじゃない。

「ううん、やっぱりいいや。お、おやすみ！」

わたしはにげるようにして、屋《や》根《ね》裏《うら》部《べ》屋《や》にもどった。

4 ルカのテンパリング

いってたけど。

お兄ちゃんは、クリスティーヌさんと、仲《なか》がいいってほどじゃないと
わたしは、ベッドによこたわった。

「でも……。つきあってるなんて、堂々《どうどう》とばらしちゃうタイプでもないし」

お兄ちゃんは、むかしからモテまくってた。バレンタインのときもたくさんチョコレートをもらったのに、じまんすることもせず、部屋《へや》にかくしてたのをお母さんに見つかってたし。でも、ホワイトデーに手作り

のお菓子《かし》をかえして、そのあまりのできのよさに、女の子がひいてしまうこともあったらしいけど。

「こうなったら、クリスティーヌさんから事実《じじつ》をききだすしかないよね!?」

わたしは、ジュリアさんのオルゴールを手にもって、うったえかけた。

もちろん返事《へんじ》はなくて、ジュリアさんはにっこりとほほえんだまま、わたしを見あげている。

「でも、どうやってきけばいいんだろう。知りあいでもないのに……」

ゴロンとねがえりをうったとき、つくえの上に小さな包《つつ》みがおいてあることに気がついた。

そういえば、ルナのママが荷物《にもつ》をおいといたって、いってたっけ。

差出人《さしだしにん》の名前を見ると、ローマ字で、AN《アン》 KISARAGI《キサラギ》と書いてあった。

「あんこ！」

心の中が、ぱぁっと晴れわたるように、明るくなった。あんこっていうのは、日本にいる親友で、和菓子屋《わがしや》さんの子。あんこも「和《わ》パティシエール」を目ざして、がんばっている。

急《いそ》いであけてみると、甘納豆《あまなっとう》、こんぺいとう、ようかんと、日《ひ》もちのしそうな和菓子がたくさん入ってた。

「わぁ！」

こっちでは、めったに手に入らない日本のお菓子ばかり。きっとお兄ちゃんもよろこぶだろうから、あとでおすそわけしよう。

「ようかんは、あたしが作ったの！　食べてね」

そんなメモも入っていた。あんこもがんばってるんだなって思うと、わたしも元気がでてくる。

そうだ、なやんでる場合じゃない。まずは、行動《こうどう》しなくちゃ……って思ったとき、パッとひらめいた。

さっき、ルカがいってたっけ。クリスティーヌさんに、チョコレートを試食《ししょく》してもらいたいって。だったら、わたしもチョコレートのお菓子《かし》をあげれば、知りあいになれるかも！

つぎの日、いつもよりはやくキッチンにいった。ルカはまだきていなくてホッとする。

チョコレートを用意《ようい》していると、キッチンのドアがガチャッとあいた。

「ルカ！」

バチッと目があう。わたしとチョコレートを見て、ルカの目がけわしくなった。

「どうして、マリエがチョコレートを使《つか》うんだ」

そのひとことに、ムッとした。

「チョコレートは、ルカしか使っちゃいけないわけ!?」

そういうと、ルカはいっしゅん、だまった。でも、すぐに顔をあげる。

「チョコレートはいい。でも、マーブル台は、オレが使う」

「わ、わかってるよ」

いつもの場所《ばしょ》にいって、チョコレートの入ったボウルを見つめた。

なんのお菓子《かし》を作ろう……。

わたしは、チョコレートをきざんで、なべに入れた生クリームを火にかけた。とりあえず、ガナッシュを作って、それから……。

考えていると、となりでルカが、テンパリングをはじめた。チョコレートをマーブル台の上にたらりと落《お》とし、すばやく練《ね》りはじめる。

チャッチャッチャッ。

チャッチャッチャッ。

手ぎわがいい。優雅《ゆうが》で、きれいな手つき。ルカは温度計《おんどけい》なんかなくても、チョコレートの温度も状態《じょうたい》も、すべてかんでわかるんだ。

見ているうちに、わたしはいつの間にか身《み》をのりだしていた。

「おい」

「わ、わたし、見てないよ！」

サッと身《み》をひく。

「そうじゃない。生クリームのなべ、だいじょうぶなのか？」

「え？　あー！」

大変《たいへん》！　生クリームがふっとうして、なべからふきこぼれそう！

あわてて火を止めたら、きざんだチョコレートを入れたボウルに、手がひっかかった。

あっ……！　ボウルがゆかに落《お》ちて、チョコレートがちらばった。

「おい！　大事《だいじ》なチョコレートを、どうしてくれるんだ！」

「ご、ごめん……」

くやしいけど、何もいえない。いまのは、完全《かんぜん》にわたしの失敗《しっぱい》だ。

ルカだったら、他人《たにん》のやっていることに気をとられたりしないだろう。その証拠《しょうこ》に、いまだって、いっしゅんもチョコレートから目をはなさず、手も止めていない。わたしは、ゆかのチョコレートを集《あつ》めながら、泣《な》きたいような気もちになった。

つぎの日、わたしは、もっとはやくおきた。キッチンに入って、ふと見ると、マーブル台に紙がはってあるのに気がついた。

「何これ？」

絶対《ぜったい》に使《つか》うな！　ルカ

そう書いてある。そこに、ルカがやってきた。

「な、何よ、これ！」

「チョコレートを粗末《そまつ》にするようなヤツに、マーブル台は使わせない」

そういって、平気《へいき》な顔をして準備《じゅんび》をはじめる。

「はじめから、使《つか》うつもりなんてないわよ！」

わたしはそういうと、調理台《ちょうりだい》の上に、調味料《ちょうみりょう》のびんをならべた。

「何やってんだ」

「そこからこっちには、入らないで！」

わたしとルカはにらみあうと、ふんっと顔をそむけあった。

どんなお菓子《かし》を作ったら、クリスティーヌさんによろこんでもらえるだろう？

考えていると、ふいにルカの手がとまって、わたしのほうを見た。

「きのうから、何なんだ？　パティシエールをあきらめて、ショコラティエールでも目ざすつもりか？」

ルカがバカにするようにいってくるから、わたしはいいかえした。

「まさか！　わたしはただ、クリスティーヌさんにチョコレートのお菓《か》子《し》を……」

「クリスティーヌだって!?」

あたしのことばをさえぎって、ルカが目を見ひらいた。

「オレと、はりあうつもりか？」

「え？　そんな……」

わたしはただ、話しかけるきっかけがほしいだけで……。

「よーし、わかった。だったら正々堂々《どうどう》と、勝負《しょうぶ》しろ！」

「はぁ!?」

勝負って？

「オレとマリエで、チョコレート対決《たいけつ》だ。同時に食べてもらって、どちらがおいしいか、その場で答えをだしてもらおう」

「あ、あの、そうじゃなくて……」

わけを説明《せつめい》しようとするのに、ルカはまるできく耳をもたなくて……

ううん、むしろうれしそうな顔をしている。

「だからぁ！」

「うるさい！　あと少しで完成《かんせい》するんだ。じゃまするな」

もうわたしの声なんてきこえていないみたいに、しんけんな顔でチョコレートを型《かた》に流《なが》しこんでいる。

もう！　大きなため息《いき》をつくと、ルナがリビングに入ってきた。

「ふたりとも、うるさくてねてられないってば！」

目をこすりながら、怒《おこ》っている。

「何かあったの？」

「それが……」

こまっていると、チョコレートを冷蔵庫《れいぞうこ》に入れたルカが、こちらをむいた。

「いいな、勝負《しょうぶ》は一週間後だ。水曜《すいよう》までに、チョコレートのお菓子《かし》をしあげておけ」

命令口調《めいれいくちょう》でいうと、いってしまった。

きょとんとするルナに、わたしはわけを話した。

「わたしは、勝負なんかしたくないのに！」

「なるほどねぇ」

ルナは、ききながらニヤニヤした。

「ルカ、勝負《しょうぶ》する相手《あいて》ができて、よほどうれしいんだね」

「え？」

わたしは、ルナのいっている意味《いみ》がわからなかった。

「だって、いままでルカは、村の中でたったひとり、ショコラティエになるための勉強《べんきょう》をしてたじゃない？」

「うん……」

「味見《あじみ》したり、評価《ひょうか》したりするのも、あたしかおじいちゃんしかいなかったってわけ」

でも、それってかなりぜいたくな話だと思う。ピエールさんは世界的《せかいてき》なパティシエだし、ルナは、ピエールさんがみとめるほど、味にうるさい。

「ルカにとって、あたしたちって身内《みうち》だから、ほんとうのことをいってるのか、うたがうこともあるだろうし、いつも同じ人の意見《いけん》なんてつまらないでしょう?」

そういえば、お兄ちゃんの部屋《へや》でも、ルカはそんなことをいってた。

「そんなときに、クリスティーヌっていう、ヨーロッパ中のチョコレートを食べつくしている人と、マリエっていうライバルがあらわれて、ルカとしては、うれしくてしょうがないんじゃないかな」

「わ、わたしは、ショコラティエなんて目ざしてないし……」

「でも、チョコレートのお菓子《かし》を作ろうとしてるじゃない」

ルナは、調理台《ちょうりだい》を見た。

「ルカにとっては、チョコレートを使《つか》ってるってことが大事《だいじ》なんだよ。たとえ相手《あいて》が、パティシエールでもね」

「だから、勝負《しょうぶ》?」

わたしがきくと、ルナはうなずいた。

「そう。ルカにとって、だれかと勝負《しょうぶ》できる機会《きかい》なんて、なかなかないし」

そうか。胸《むね》のおくのほうが、じわりと熱《あつ》くなってきた。

ルカも、世界一《せかいいち》のショコラティエを目ざしている。だったら、同じ世界一を目ざすわたしだって、ルカに負《ま》けられない。

絶対《ぜったい》に、勝《か》ちたい！

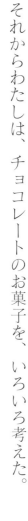

あと、一週間……。それまでに、ルカをあっといわせるチョコレートのお菓子《かし》を完成《かんせい》させなくちゃ！

それからわたしは、チョコレートのお菓子を、いろいろ考えた。

でも、クリスティーヌさんは、いろんなチョコレートを食べてるみたいだし……。ルカに勝《か》つためには、あっとおどろくものじゃないと、むずかしい気がする。

たとえば、クリスティーヌさんが、食べたことのないようなもの。

そのとき、チョコレート味《あじ》のカップケーキはどうだろうと考えた。フランスでは、スポンジを使《つか》ったケーキをあまり見かけない。それにカップケーキなら、かわいくデコレーションすることができるから、見た目もばっちりだ。

お菓子《かし》が決《き》まったわたしは、さっそくカップケーキを作ることにした。

カカオパウダーとチョコレートをまぜた生地《きじ》をカップに入れ、オーブンで焼《や》く。チョコレートのいいかおりがするたびに、ルカが顔をあげてこちらのようすをうかがっているようだった。

いろんなチョコレートを試《ため》したり、分量《ぶんりょう》を変《か》えてみたりして、何度《なんど》も作ってみる。ルナにも食べてもらって、一番いい味《あじ》のスポンジ生地《きじ》がでできあがった。そこに、生クリームたっぷりのガナッシュをかわいくしぼって……。でも、それだけじゃふつうすぎる気がする。もっと工夫《くふう》しないと、ルカには勝《か》てない。

いよいよ勝負《しょうぶ》の日があしたにせまって、気もちがあせっていたとき、ふと思いついた。あんこが日本から送《おく》ってくれたもの……あの中には、フランスにはないようなものもあったはず。それをうまく使《つか》えば、ルカも思いつかないようなものができるかも！

そう思ったら、いてもたってもいられなくなって、急《いそ》いで部屋《へや》にもどった。あんこが送ってくれた小包《こづつみ》をあけて、もう一度《いちど》中身《なかみ》を確認《かくにん》する。

いろいろあるけど……。

あまいものばかりで、チョコレートのあまさとかぶってしまいそう。

「あっ」

ふいに、手が止まった。

「これ、いいかも」

それは、フルーツのさとうづけ。いろんなものがあったけど、その中のひとつに目がとまった。それをもってキッチンにもどり、まな板《いた》の上でこまかくきざむ。強いかおりが立ちのぼってきて、思ったとおり、チョコレートとあいそうな気がした。

バターをボウルに入れ、グラニューとうをひかえめにし、といたたまごを少しずつくわえながらしっかりとまぜる。粉《こな》をふるってから、とかしたチョコレートときざんださとうづけもくわえ、ゴムべらでさっくりとまぜあわせる。カップケーキの型《かた》に流《なが》し、オーブンに入れた。

これで、ケーキのほうはオーケーだ。

つぎは、クリームとトッピングだ。あまくなりすぎないように、ダークチョコレートのガナッシュはどうだろう？　そこに、さっき使《つか》ったさとうづけをもう一度《いちど》ふりかけて……うん、いいかもしれない！

いままで、毎朝クリームを用意《ようい》しているカップケーキが焼《や》けて、生地《きじ》を冷《さ》ました。

クリームしぼりの練習《れんしゅう》をしてきた。でも、それをだれかに見せる機会《きかい》がなくて、つまらないと思っていたところだ。

ルカとの勝負《しょうぶ》は、わたしの腕《うで》をみんなに見せるチャンスかもしれない。クリスティーヌさんのような常連《じょうれん》のお客《きゃく》さんにほめられれば、トニーさんだってみとめないわけにはいかないだろう。

ガナッシュのクリームをしぼりぶくろに入れて、カップケーキの上にかざす。息《いき》を止めて、クルッとまきながら、スッと上にもちあげた。

うん、かわいい！

そこに、細かく切ったさとうづけをパラパラとふりかけた。

ひと口食べて、よしっと手ごたえを感《かん》じた。わたしはまちきれなくて、すぐにルナの部屋《へや》にカップケーキをもっていった。

「ルナ！　おきて！」

ドンドンとノックして、まだねているルナをむりやりおこす。ドアがあくなり、「ね、食べてみて！」と、カップケーキをつきだした。

「えー、う～ん……」

ルナは目をこすりながら、カップケーキをかじった。

目をとじたまま口を動《うご》かすルナに、「どう？」ってきいてみる。

「何これ？　さわやかで、いいかおり～」

ルナが、ふにゃっとしあわせそうな顔をした。

「それって、おいしいってこと？」

「う〜ん、いいと思う〜」

「やった！」

ルナはうそをつけないし、お世辞《せじ》もいわない。ってことは、ほんとうにおいしいってことだ！

「これ、なぁにぃ？」

ルナが、ねぼけたような声できいてくる。

「ゆずだよ。日本から送《おく》ってもらった、ゆずのさとうづけ！」

フルーツの中でも、オレンジとチョコレートは相性《あいしょう》がばつぐん！

だったら、ゆずだって合うはず。フランスにゆずがあるかどうかは知らないけど、少なくともここにきてから、まだ見たことがない。

「これなら、ルカに勝《か》てるかも」

わたしは、勝負《しょうぶ》がまちどおしかった。

マリエの おうちで チョコマグカップケーキ

マグカップを使《つか》った、
かんたんチョコカップケーキよ！
※必《かなら》ず大人《おとな》といっしょにチャレンジしてね！

用意《ようい》するもの

- ホットケーキミックス 150グラム
- 牛乳《ぎゅうにゅう》 100cc
- たまご 1こ
- 板《いた》チョコ 1まい
- マグカップ 2こ
- 電子レンジ
- あわ立て器《き》
- ボウル
- 計量《けいりょう》カップ（はかり）
- 耐熱容器《たいねつようき》
- 竹ぐし

1 ボウルにたまごを入れて、あわ立て器でまぜる。牛乳、ホットケーキミックスを入れ、さらにまぜる。

ポイント 材料《ざいりょう》は先に計量カップなどで、はかっておこう。

2 板チョコをわって耐熱容器に入れ、1分30秒《びょう》電子レンジにかける。

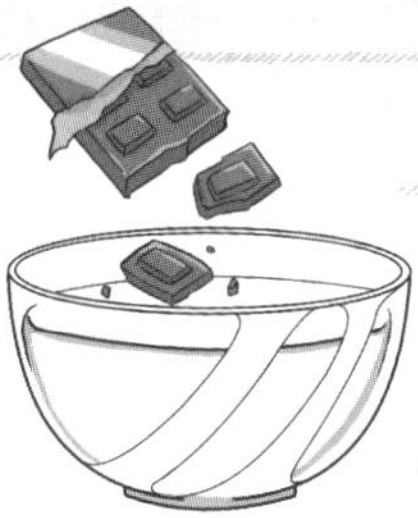

ポイント チョコがとけたら、よくかきまぜてなめらかにしてね。

3 **1**に**2**を流《なが》しいれ、まぜあわせる。

4 **3**の生地《きじ》をマグカップに半分くらい入れて、電子レンジに4分かける。竹ぐしをさして、生地がつかなければ、できあがり！

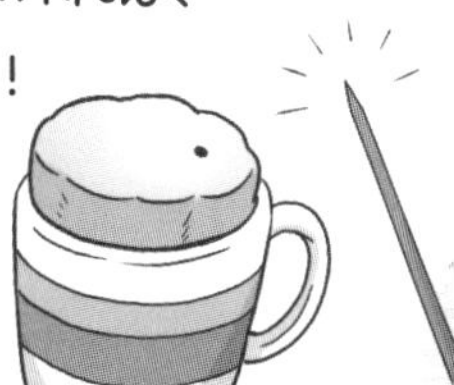

ポイント 生地はふくらむので、入れすぎに注意《ちゅうい》してね。マグカップの大きさによって、ぴったり2こ分にならないこともあります。

しっとり チョコマグカップケーキ できあがり

※このレシピでは600W《ワット》の電子レンジを使《つか》っていようすを見ながら少しずつ調節《ちょうせつ》してください。

5 チョコレート対決《たいけつ》とカルメン

チョコレート対決《たいけつ》の日。

クリスティーヌさんには、あらかじめお兄ちゃんから話してもらっている。開店前《かいてんまえ》のカフェに案内《あんない》されたクリスティーヌさんに、わたしとルカはあいさつした。ルナなんて、ちゃっかりサインをもらってる。

「はじめまして。クリスティーヌです。きょうは、ふたりの作ったスイーツを食べられるのね。楽しみだわ!」

そういって、わたしたちとあく手をかわした。

ゆれる髪《かみ》からは、いいにおいがする。美人《びじん》だけどかざり気がなくて、性格《せいかく》もよさそう。

わたしは、クリスティーヌさんとお兄ちゃんをそっとぬすみ見た。ルナのいう通り、見れば見るほど、ふたりってお似合《にあ》いかも……。

テーブルの上には、ルカの作ったツヤツヤのトリュフとわたしのカップケーキがならんでいる。公平《こうへい》に選《えら》んでもらうために、どっちがどっちのお皿《さら》かは、教えていない。

ルカはよゆうの顔で、わたしが作ったカップケーキを見ていた。ふつうのカップケーキだと思ったら、大まちがいなんだから！

「わたし、チョコレートが大好《だいす》きなの。ベルギーやイタリアも有名《ゆうめい》だけど、わたしはやっぱりフランスのチョコレートが好きだわ。パリには、有名なお店がたくさんあるけど、いきつくしてしまったほどよ」

クリスティーヌさんがいったというお店は、わたしでも知ってるような有名《ゆうめい》なお店ばかりだった。ルカがしんけんになるのもむりはない。

「さぁ、ふたりのために、食べてよ」

お兄ちゃんがいうと、クリスティーヌさんはうなずいて、左のお皿《さら》からひとつ手にとった。半分かじって、ゆっくりと味《あじ》わう。その顔がくずれて、笑《え》みがこぼれた。こんなにおいしそうにチョコレートを食べる人を見たことがない。

「まぁ！」

パッと花がさいたような、ステキな笑顔《えがお》だ。お店の空気まではなやいだ気がする。

クリスティーヌさんは水を飲《の》むと、ひと呼吸《こきゅう》おいた。

今度《こんど》は、右のお皿に手をのばす。さっきと同じようにかじると、目を

Pierre Roger
Pierre Roger
Pierre Roger

まるくして、感心《かんしん》したようにふふっとわらう。

「なるほどね」

クルクルと、よく動《うご》く目も魅力的《みりょくてき》だ。

ごくっとつばをのんで、わたしとルカが、身《み》をのりだす。

クリスティーヌさんは、胸《むね》の前で両手《りょうて》をあわせた。

「こちらのチョコレート」

クリスティーヌさんが指《ゆび》さしたのは、ルカのトリュフだった。

やっぱり……。くちびるをかんでうつむいた。

「カカオの成分《せいぶん》が計算されてて、よく勉強《べんきょう》してるって感じ。でも、自己《じこ》主張《しゅちょう》の強さが味《あじ》にでていて、もったいないな」

え!?

わたしは顔をあげた。ルカがまゆをよせて、おどろいたような顔をしている。

「こっちのお菓子《かし》は……」

クリスティーヌさんが、わたしのお皿《さら》を指《ゆび》さした。

「カップケーキなんて、めずらしいわ。それに、ゆずを使《つか》ってるのね。見た目も中身《なかみ》も工夫《くふう》して、がんばったって伝《つた》わってくる」

「えぇ！　ゆずってわかるんですか？」

わたしはびっくりした。

「もちろん。パリでは、日本の食材《しょくざい》はたいていい何でも手に入るし、ゆずも何年か前から、すごく人気があるのよ」

知らなかった……。

「このへんには、カップケーキもゆずも売ってないから、アイディアはいいと思うんだけど……」

クリスティーヌさんが、いいにくそうに首をかしげた。

「このお菓子《かし》には、愛《あい》を感《かん》じないい」

「あい？」

わたしには、何をいっているのかわからなかった。

「つまり、どんな思いで作ったのか、伝《つた》わってこないのよ」

クリスティーヌさんのいうことは、ますますわからなかった。

「いまのふたりに、どちらが勝《か》ちなんて、とてもいえないわ。いいところも悪《わる》いところもあるし……」

居心地《いごこち》悪そうにしていたルナは、「ごめーん」とわたしにいうと、にげるようにいってしまった。

チラッとルカを見ると、わたし以上《いじょう》にショックを受《う》けてるみたい。

「ありがとうございました」

ぼそっといって、ルカも家の中に入ってしまった。

クリスティーヌさんは、お兄ちゃんを見た。

「ごめんなさい。あんなふうにしかいえなくて」

「いいんだよ。正直《しょうじき》にいってほしいって、ぼくがたのんだんだから」

ふたりは、目と目でうなずきあっている。わたしにはわからない、ふたりだけの世界《せかい》を感《かん》じた。

「さぁさぁ、そろそろお店をあけるわよ」

ルナのお母さんの声で、その場のふんいきがパッと明るくなった。

「開店前《かいてんまえ》なのに、ありがとうございました」

お兄ちゃんが頭をさげると、

「なぁに、クリスティーヌがきてくれるなら、いつだって大歓迎《だいかんげい》さ」

ルナのお父さんがいって、お母さんに、ひじでドンッとおされている。

思わずわたしは、クリスティーヌさんと顔を見あわせてわらってしまった。そのようすを見て、お兄ちゃんがにっこりとわらう。

「ぼくはこれから、仕事《しごと》があるから失礼《しつれい》するよ。マリエ、午後《ごご》からだろう？　クリスティーヌとちょっと散歩《さんぽ》でもしてきたら？」

「え？　わたしが？」

とたんに、そもそもの目的《もくてき》を思いだした。チョコレートのお菓子《かし》を作ろうと思ったのは、クリスティーヌさんに話しかけるきっかけがほしかったからだ。

「う、うん。わかった」

わたしは立ちあがると、クリスティーヌさんとお店をでた。

商店街《しょうてんがい》をならんで歩く。大きなつばの帽子《ぼうし》も、ゆれるワンピースのすそもステキだ。

何を話せばいいんだろう？　お兄ちゃんとどういう関係《かんけい》ですか？　なんて、いきなりきけないし……。

「マリエは、パティシエールの修業《しゅぎょう》のためにフランスにきたんでしょう？　すばらしいわ」

どうやら、お兄ちゃんからいろいろきいてるみたいで、ちょっと安心《あんしん》した。

「でも、まだかんたんな仕事《しごと》ばっかりで……」

「さいしょは当然《とうぜん》よ。わたしだって、はじめはそうじや先輩《せんぱい》のお世話《せわ》ばかりだったもの」

そういわれても、素直《すなお》に納得《なっとく》できない。

「クリスティーヌさんは……女優《じょゆう》さん？」

「似《に》てるけど、ちょっとちがうかな？　オペラ歌手なの」

「オペラ⁉」

わたしはおどろいた。オペラっていうのは、歌を中心に、作品《さくひん》を音楽で表現《ひょうげん》する舞台芸術《ぶたいげいじゅつ》。フランスでとても親しまれていて、とくにパリのオペラ座《ざ》は、多くの人がおとずれる観光名所《かんこうめいしょ》にもなっている。

「すごいですね」

「そんなことないわ。わたしなんて、まだまだひよっこだもの」

くったくのない笑顔《えがお》で、首をすくめる。そんなしぐさもかわいらしくてステキだった。

「じゃあ、クリスティーヌさんも修業《しゅぎょう》してるんですね」

「そうね。わたしも、小さいころからオペラ歌手を目ざして弟子《でし》入りしてたの。だから、マリエの気もち、わかるわ」

そういわれると、親近感《しんきんかん》がわいてくる。

「修業《しゅぎょう》って、つらいこともたくさんあるわよね。マリエはだいじょうぶ？」

顔をのぞきこまれたら、トニーさんのきびしい表情《ひょうじょう》がうかんだ。

「わたし……、きらわれてるみたいで、怒《おこ》られてばかりなんです」

思わず、本音が口をついてでた。クリスティーヌさんは、思ってたよりもずっと話しやすい。

「そう。でも、その人がマリエをきらってるかどうかなんて、わからないわよ」

「え？」

「だって、だれかをしかるって、とてもパワーがいることじゃない？　ほんとうにきらいだったら、ほうっておいたり無視《むし》したりしたほうが楽なはず。怒《おこ》るのは、よくなってほしいって思うからじゃないかな」

そうなのかな……。

「心をとじてたら、ほんとうのことが見えなくなるものよ。マリエが心をひらけば、もっと世界《せかい》が広がっていくと思うの」

世界《せかい》が広がる？

「なぁんて。これ、わたしがむかし、先輩《せんぱい》からいわれたことばなのよ。わたし、いつかパリのオペラ座《ざ》で歌うのが夢《ゆめ》なの」

そういうクリスティーヌさんの目は、キラキラかがやいて、遠くの空を見つめていた。

「ねぇ、マリエ、今度《こんど》オペラを見にこない？」

「ええ？　わたしが？」

「せっかくフランスにきたんだもの。お菓子《かし》作りだけが、修業《しゅぎょう》じゃないはずよ」

それは、ピエールさんにもいわれたことがあるけれど……。具体的《ぐたいてき》にどうすればいいのか、よくわからないままだった。

「もっと、フランスのエスプリを感《かん》じなくちゃ」

「エスプリ？」

エスプリってよくきくフランス語だけど、日本語に訳《やく》すのはむずかしい。精神《せいしん》とか知性《ちせい》とか魂《たましい》とか、いろんな意味《いみ》があって……。たぶん、クリスティーヌさんがいうのは、フランスの空気感《かん》みたいなものだと思うけど。

「ときには修業《しゅぎょう》のことをわすれて、カフェでお茶したり、映画《えいが》を見たり、公園でねころがるのもいいわね。オペラにいくのも、きっとパティシエールになるために役立《やくだ》つと思うわ」

クリスティーヌさんのことばは、わたしの心にすっとしみていった。

トニーさんのことになやみ、ルカとはりあい、いつ、つぎの修業につれるんだろうと、あせってばかりいてもしかたない。

わたしは、フランスにいるんだもん。

フランスのエスプリ、フランスの空気を感《かん》じたい。いろんなことに興《きょう》味《み》をもって挑戦《ちょうせん》したい。クリスティーヌさんのいう通り、そこからお菓《か》子《し》作りのヒントだって見つかるかもしれない。

「クリスティーヌさん、わたし、オペラが見たいです！」

わたしは、まっすぐにクリスティーヌさんを見つめた。

クリスティーヌさんがくれたチケットは、ぜんぶで四まい。ルナとルカもさそって、お兄ちゃんに会場までつれていってもらうことになった。

オペラを上演《じょうえん》する歌劇場《かげきじょう》は、パリにあるオペラ座《ざ》が有名《ゆうめい》だけど、フランスの各地《かくち》にある。アントルーノの近くにも、りっぱな歌劇場があるみたい。

「ねぇ、わたしのかっこう、ほんとうに変《へん》じゃない？」

わたしは、家をでてから、
何度《なんど》もルナにきいた。

「ぜんっぜん変《へん》じゃないよ！　マリエ、背《せ》が高いし、すっごく似合《にあ》ってる！」

ルナが、目をキラキラかがやかせた。

オペラ初体験《はつたいけん》のわたしのために、みんなで正装《せいそう》しようってことになった。でも、ドレスなんてもってないから、ルナにかりることにしたんだけど……。

「かわいいティアラもつけてもらいたかったのにぃ！」

コスプレ好《ず》きなルナのおすすめは、ちょっと不安《ふあん》。そういう自分は、魔界《まかい》プリンセス風らしい。

「神聖《しんせい》なオペラに、そんなかっこうをするなんて」

ルカが、思いきり顔をしかめた。

「これが、あたしの正装《せいそう》なの！」

ルナはそういって、ふんっと怒《おこ》っている。

ルカとお兄ちゃんも、かっこいい服《ふく》を着ていた。いつものふだん着やコックコートとはちがうすがたに、なんだかふしぎな感《かん》じがする。

「おい、何を見てるんだよ」

ルカにいわれて、パッと顔をそむけた。

「見てないよ。自意識過剰《じいしきかじょう》なんじゃないの？」

「なんだと!?」

「こらこら、ふたりとも」

お兄ちゃんが、困《こま》った顔をして、わたしとルカの肩《かた》に手をおく。

歌劇場《かげきじょう》につくと、重厚《じゅうこう》な石づくりの建物《たてもの》を見あげた。

パリじゃなくても、やっぱり歌劇場ってすごい。

一歩中に入ると、天井《てんじょう》が高いロビーに、赤いじゅうたんがしかれていた。おしゃれな服装《ふくそう》の人がたくさんいて、そこにいるだけで、優雅《ゆうが》な気分になってくる。席《せき》につくと、舞台《ぶたい》を見つめてドキドキした。

きょうやるのは「カルメン」というオペラで、クリスティーヌさんは主役《しゅやく》を演《えん》じるらしい。カルメンなら、曲《きょく》が有名《ゆうめい》だし、内容《ないよう》もなんとなく知っている。

それは、カルメンの恋《こい》の物語《ものがたり》。自由奔放《じゆうほんぽう》で魅力的《みりょくてき》なカルメンに、男の人はみんな恋をしてしまう。でもカルメンは、そんな男の人たちを手玉にとって、自由《じゆう》に生きるんだ。やっと恋人になった人も、カルメンに翻《ほん》弄《ろう》されて……。

そんなカルメン役を、クリスティーヌさんはいきいきと演じていた。よく通る歌声は、迫力《はくりょく》がある。

まっ赤なバラの花をくわえながらおどるすがたは、ふだんのクリス

ティーヌさんとは別人《べつじん》だった。カルメンの感情《かんじょう》のはげしさをあらわしていて、息《いき》をのむほどステキだ。観客《かんきゃく》の心を、一気につかんでしまうような力強さを感《かん》じる。

それにひきかえ、わたしは……。

まだ、トニーさんにちっともみとめてもらえない。

クリスティーヌさんは、すごいな。わたしも、あんなふうになりたい。

ううん、ならなくちゃっ！

わたしはいつの間にか、クリスティーヌさんの魅力《みりょく》のとりこになっていた。お兄ちゃんが恋《こい》するのも、むりはないかも。

ちらっとよこを見ると、クリスティーヌさんを見まもるようにやさしい目で見つめる、お兄ちゃんがいた。

「クリスティーヌって、ただのチョコマニアじゃなかったんだねぇ」

ルナがつぶやくと、ルカの顔がゆがんだ気がした。クリスティーヌさんにいわれたことを、まだ気にしているにちがいない。

やがてラストをむかえると、われるような拍手《はくしゅ》がわいた。みんな立ちあがって、クリスティーヌさんをほめたたえていた。

「すごいね、お兄ちゃん！」

興奮《こうふん》しながら、お兄ちゃんを見る。

「ああ。クリスティーヌは最高《さいこう》だよ」

拍手《はくしゅ》を送《おく》るお兄ちゃんは、客席《きゃくせき》にむかって手をふるクリスティーヌさんをじっと見つめていた。


出口にむかう人たちをさけ、わたしたちはひかえ室《しつ》に通じる通路《つうろ》にむかった。クリスティーヌさんに、帰りによってほしいといわれたんだけど、慣《な》れない場所に、みんなおろおろしている。

あれ？　お兄ちゃんがいない？　と思ったら、むこうのほうから、どこで買ってきたのか、花たばをもってあらわれた。

ちょうど、舞台衣装《ぶたいいしょう》のままのクリスティーヌさんがでてきて、パッと笑顔《えがお》になる。

「みんな、きてくれたのね！」

そして、お兄ちゃんの花《はな》たばを受《う》けとると、

「ハルキ！　ありがとう！」

といって、がばっと首に腕《うで》をまわした。

え～！　ちょ、ちょっとまって！

どぎまぎするわたしの肩《かた》を、ルナがにやにやしながらたたいてくる。

「どうだった？」

クリスティーヌさんが、うれしそうにお兄ちゃんを見つめる。

「すばらしかったよ。まるで……」

いいかけたところに、「あ！　クリスティーヌだ！」という声がして、

どっと人があつまってくる。クリスティーヌさんは、サインをしたり花をもらったりして、あっという間にとりかこまれてしまった。

「ごめんね」というようにこちらを見たけど、お兄ちゃんは、「いいよ」って手をふった。

「いこうか」

そういうお兄ちゃんに、わたしは「いいの？」ときいた。

「ああ。また、お店にきたとき、ゆっくり話せばいいから」

ちょっと、さびしそうに見える。

カルメン……。

ふいに、赤いバラをくわえておどっていたカルメンを思いだした。

もしクリスティーヌさんが、カルメンみたいに男の人を翻弄《ほんろう》するような人だったら……。そんな想像《そうぞう》をふりきるように、あわてて首をふった。

ルカ&ルナの
フランス・ナビ

オペラ

オペラ(opéra)とは、歌を中心に、音楽やおどり、演劇《えんげき》などがひとつになった舞台芸術《ぶたいげいじゅつ》。16世紀末《せいきまつ》にイタリアで生まれ、ヨーロッパを中心に、広く親しまれるようになった。フランスでも古くから親しまれ、パリのオペラ座《ざ》だけでなく、各地《かくち》に大小さまざまな劇場がある。あたたかい季節《きせつ》には、野外オペラなどもひらかれる。

オペラグラスをもっていくのもオススメ！
舞台衣装《いしょう》もとってもステキなの♪

6 はじめての涙《なみだ》

オペラを見たあとは、しばらくボーッとして、夢《ゆめ》の中にいるようだった。

でもつぎの日になると、元気のもとをもらったように、がんばろうっていう気もちになった。

午後《ごご》からの修業《しゅぎょう》も、いつになく気合いが入る。

「つぎは、何をしたらいいですか⁉」

どんどん目の前の作業をこなして、自分からトニーさんに声をかけた。

「さっきいった材料《ざいりょう》は……」

「たまごもわったし、こむぎ粉《こ》もはかりおえました！」

そういうと、トニーさんは、おされたようにだまりこんだ。何をさせようか、まよっているみたい。

「あの……お願《ねが》いがあります」

「お願い？」

トニーさんが、けげんな顔をする。

「クリームしぼり、もう一度《いちど》見てください！」

ごくんっとつばを飲《の》む。きょうだったら、うまくできそうな気がする。

トニーさんがみとめるようなしぼりを見せて、つぎのステップに進《すす》みたい！

「……いいだろう」

やった！

きんちょうしながら準備《じゅんび》して、しぼりぶくろに手をそえた。息《いき》を整《ととの》えて、一気にしぼりだす。

スーッと、一本の線をしぼった。

できた。

まちがいなく、いままでで一番いいできだと思う。

わたしは、笑顔《えがお》でトニーさんを見あげた。でも、トニーさんは顔をしかめたままだ。

「まだ、ダメだな」

「どうして……」

クッと、のどのおくがつまった。

トニーさんは、はじめから、わたしをみとめる気がないんだ。

「マリエは、なんのためにクリームをしぼってる？」

トニーさんが、まっすぐに見つめてきいてくる。

なんのためにって……。

「トニーさんに、みとめてもらうためです！」

「だろうな。その気もちが、よく伝《つた》わってくる」

え……。

「だれかにみとめられたい、だれかを負《ま》かしたいなんていう気もちで、お菓子《かし》を作るもんじゃない。それがわからなかったら、いつまでも先には進《すす》めない」

胸《むね》をつかれたように、息《いき》が止まる。

おまえには一生わからないといわれたような気がして、手をにぎりしめた。

「ピエールさんのケーキを、ちゃんと見たことがあるか？」

トニーさんのことばに、まゆをひそめる。何をいってるんだろう？　お店にだしてるケーキなら、毎日見ている。

「『ほんとうに見る』とはどういうことか、マリエにはまだわかっていないようだ」

トニーさんは、残念《ざんねん》そうに首をふった。

見はなされたような気がして、わたしはその場に立ちつくした。

「ハルキ、オペラのしあげはできたか？」

わたしには目もくれず、トニーさんがつぎの仕事《しごと》にとりかかる。

「はい、いまでます！」

オペラというのは、お酒《さけ》をしみこませたアーモンドの生地《きじ》と、ガナッシュやコーヒークリームなんかを何層《なんそう》も重《かさ》ね、それをチョコレートでコーティングしたケーキ。お兄ちゃんは、トニーさんが作ったケーキに、しあげの金ぱくをかけているところだった。

「マリエ、オペラをお店にだしてくれるかい？」

お兄ちゃんが、やさしい声でケーキのトレーをさしだした。わたしは声をだすこともできず、小さくうなずいて、トレーをもってお店にはこんだ。

「あら！　マリエ」

はなやかな声に顔をあげると、クリスティーヌさんがお店に入ってきたところだった。

「がんばってるのね。そのオペラ、わたしにもくれる？」

にこっとほほえみかけられると、それまでがまんしていたものがくずれるように、大つぶの涙《なみだ》がポロッとこぼれおちた。

「まぁ……」

クリスティーヌさんはおどろいたよ

うにまゆをよせると、サッとわたしの肩《かた》をかかえて、ドアのほうにむかった。

「すみませーん、マリエにたのみたいことがあるから、ちょっと借《か》りるわ！」

作業場《さぎょうば》にむかってそういうと、表《おもて》につれだしてくれた。

「あの……」

まだ止まらない涙《なみだ》をぬぐいながら、わたしはクリスティーヌさんを見あげた。

「だいじょうぶ、だれも気づいてないから。ちょっと落《お》ちついたら、もどればいいわ」

にこっとほほえみかけられて、そのやさしさにまた涙がでてきた。泣《な》くつもりはないのに、とめどなくあふれてくる。

「すみません」

わたしは、さらに落《お》ちこんだ。お客《きゃく》さんにかばってもらうなんて、パティシエール失格《しっかく》だ。

「いいのよ。涙《なみだ》がでてくるのは、いっしょうけんめいやってる証拠《しょうこ》だわ」

そういわれると、少しだけ落ちつきをとりもどした。

「きのうの舞台《ぶたい》、すばらしかったです。クリスティーヌさんは、一流のオペラ歌手だと思いました。それにくらべて、わたしは……」

「あら、マリエは、わたしが苦労《くろう》もしないでここまできたと思ってるの？」

「そ、そんなことは……」

否定《ひてい》したけど、ほんとうはちょっと、そう思っていた。クリスティーヌさんは美人《びじん》だし、才能《さいのう》もあるし……、ふつうの人よりずっと有利《ゆうり》な気がする。

「苦労《くろう》しないで、なんでもできる人なんていないわよ」

それは、そうだけど……。

「わたしね、パリの劇団《げきだん》からさそわれてるの」

「え……」

クリスティーヌさん、いなくなっちゃうの？

「そこにいけば、パリのオペラ座《ざ》の舞台《ぶたい》に立てる可能性《かのうせい》は、ぐっとあがると思う。でも……」

ふっと、顔がくもる。それは、いままでに見たこともないような表情《ひょうじょう》だった。

「こわいの。パリの劇団《げきだん》には、わたしなんかよりもずっとうまい人がたくさんいる。ここにいれば、みんなにちやほやされながら、それなりに人気のあるオペラ歌手でいられるわ。しかも、知りあいも、愛《あい》する人もいないところにいくなんて……」

愛する人も?

「あの……クリスティーヌさんとお兄ちゃんは、つきあってるんですか?」

勢《いきお》いにまかせて、きいてしまった。クリスティーヌさんは、困《こま》ったように考えこむ。

「実《じつ》は、わたしにもわからないの……」

「わからないって?」

「わたしたちは、はじめて会ったときから、むかしからの知りあいのように気が合ったわ。おたがいに夢《ゆめ》をもっていて、はげましあうような仲《なか》だったから、相手《あいて》の気もちをたしかめる必要《ひつよう》さえないような気がしてたの」

そういいながら、ふっとわらって、わたしを見る。

「でも、いざとなるとダメね。自分の気もちが大きくなればなるほど、相手の気もちをたしかめるのがこわくなっちゃって。ハルキにきらわれたら、わたしは夢《ゆめ》を追《お》う

ことさえ、できなくなりそうな気がする」

「そんな！　お兄ちゃんだって、きっと……」

クリスティーヌさんを見つめる、お兄ちゃんの目を思いだす。きっと好《す》きだと思うけど、ほんとうのことはわからない。

「クリスティーヌさんは、お兄ちゃんが好きなんですよね？」

「ええ。愛《あい》してるわ」

はじめてきく、フランス語の「愛してる」ということばに、顔が熱《あつ》くなる。

クリスティーヌさんも、人を好きになるんだ……そう思うと、急《きゅう》に身《み》近《ぢか》に思えた。

「ああ、ごめんなさいね。元気づけるつもりが、わたしの話をきいてもらっちゃって」

「いいえ、そんな……。わたしにできることはないですか？」

身《み》をのりだすと、クリスティーヌさんは目を細めてほほえんだ。

「ありがとう。でも、これは、わたしたちふたりの問題《もんだい》だから」

クリスティーヌさんの声はきっぱりとしていて、それ以上《いじょう》ふみこめそうになかった。

「マリエは修業《しゅぎょう》を、わたしは夢《ゆめ》とハルキのことを、おたがいがんばりましょう」

そういって、わたしの肩《かた》に手をおいた。

その日の夜、わたしは部屋《へや》で、ジュリアさんのオルゴールに話しかけた。

「ジュリアさんは、お菓子《かし》学校で、ピエールさんと出会ったんだよね？」

カノンが流《なが》れて、ジュリアさんの人形がまわっている。

「ふたりとも、夢《ゆめ》を目ざして、はげましあっていたの？」

返事《へんじ》はかえってこない。もし、ジュリアさんが生きていたら、いろいろ相談《そうだん》できるような気がするのに。

クリスティーヌさんはお兄ちゃんが好《す》きで、たぶんお兄ちゃんも、クリスティーヌさんが好き。ってことは両思《りょうおも》いなんだから、クリスティーヌさんがパリにいかないほうが、ふたりともしあわせな気がする。

でも……。

夢がかなうかもしれないチャンスをのがして、クリスティーヌさんは、後悔《こうかい》しないいんだろうか。

あ〜、もう！

恋《こい》のことは、まだむずかしすぎてよくわからない。

「マリエ、おきてる？」

はしごのすぐ下から声がして、あわてた。

「お兄ちゃん？　おきてるよ」

そういうと、お兄ちゃんがはしごをのぼってやってきた。

「マリエが、落《お》ちこんでるんじゃないかと思って」

「あ……うん」

トニーさんとのやりとりのあと、オペラをわたされたとき、お兄ちゃんは心配《しんぱい》そうな顔をしてた。それに、クリスティーヌさんとわかれてすぐに作業場《さぎょうば》にもどったけど、目がはれてたかもしれない。

「トニーさんも、ずいぶん気にしてたから」

「トニーさんが？」

うそでしょう？　ってことばをのみこんだ。

「トニーさんは、悪《わる》い人じゃないんだ。ぼくもさいしょは、ずいぶんしごかれて、まいったけどさ」

そういって、てれ笑《わら》いをする。

お兄ちゃんは、そうとうな覚悟《かくご》でフランスにきたはず。そのお兄ちゃんがそういうなら、かなりきびしかったんだろう。

「どうして？　お兄ちゃんは、トニーさんの味方《みかた》なの？」

わたしは不満《ふまん》だった。お兄ちゃんもピエールさんも、トニーさんをいい人みたいにいう。でも、わたしにはそう思えない。

「これは、いっていいのかどうか、わからないんだけど……」

そういってうちあけはじめたのは、トニーさんの過去《かこ》の話だった。

「トニーさんが、パリの有名《ゆうめい》なホテルのパティシエだったっていうのは、きいただろ？」

「うん、知ってる」

「でも、そうなるまでに、かなり苦労《くろう》したんだって」

苦労っていわれても、ピンとこなかった。わたしだって、いまこんなに苦労している。

「トニーさんは、まずしい家で育って、ろくに学校もいけず、家族《かぞく》のためにはたらいていたらしいんだ」

「え……どうして?」

「お父さんはいなくて、病気《びょうき》のお母さんと、弟や妹が四人いたそうだよ」

じゃあ、もしかして、トニーさんしか、はたらく人がいなかったってこと?

「トニーさんはわかいころ、ホテルでそうじをする仕事《しごと》をしてたらしい。でも、ある日パーティーにだされた豪華《ごうか》なケーキを見て、しばらく動《うご》けないほど感動《かんどう》したんだって」

動けないほど……。

「それからパティシエになりたくて、こっそり作業場《さぎょうば》をのぞいては、お菓子《かし》の作り方をひたすらぬすみ見て、勉強《べんきょう》したそうだ」

胸《むね》が、グッとつまった。うちは、家がパティスリーだから、当然《とうぜん》のように見ることも練習《れんしゅう》することもできた。

「弟たちが大きくなったとき、やっと自由《じゆう》になったトニーさんは、年下のパティシエたちにまじって必死《ひっし》で修業《しゅぎょう》をつんだらしいよ。そして、だれもがみとめる、腕《うで》のいいパティシエになったそうだ」

わたしは、声もでなかった。

「トニーさんは、自分のような苦労《くろう》をさせたくないと思ってるんじゃないかな」

「だから、あんなにきびしいの？」

「ぼくは、そう思う」

お兄ちゃんは、きっぱりといった。

「ほんとうに、そうなのかな……」

「もう一度《いちど》、信《しん》じてみたら？」

すぐに、うなずくことはできなかった。いろんなことがぐちゃぐちゃになって、わけがわからなくなっている。

しんとしずまりかえった部屋《へや》に、ジュリアさんが使《つか》っていたという柱《はしら》時計《どけい》の音だけが、カチコチとひびいた。気まずくて、何か話をしなくちゃとあせってしまう。

「クリスティーヌさん、パリにいっちゃうんでしょう?」

「え?」

思わずいってしまって、お兄ちゃんがおどろく。

「ああ……うん」

「いいの?」

「それは、ぼくが決《き》めることじゃないから」

元気のない声に、きかなきゃよかったと後悔《こうかい》した。

自分以外《いがい》の人の本心なんて、そうかんたんにわかるものじゃない。
だとしたら、やっぱり、相手《あいて》を信《しん》じるしかないのかもしれない。

7 特訓《とっくん》！ クリームしぼり

つぎの朝、いつものようにキッチンにむかった。

「『ほんとうに見る』とはどういうことか、マリエにはまだわかっていないようだ」

トニーさんは、そういった。

その意味《いみ》がわからないかぎり、いくら練習《れんしゅう》しても、ダメなのかな……。

目ざす方向《ほうこう》をうしなって、迷子《まいご》になったような気分だった。

キッチンのドアをあけると、先にルカがきていた。

チャッチャッチャッ。

チャッチャッチャッ。

テンパリングをしている。でも、いつもみたいに楽しそうでも、リズミカルでもない。手もとがどんどんはやくなって、あせっている感《かん》じ。

ルカも、苦《くる》しいんだ……。

わたしは、練習用《れんしゅうよう》のショートニングを用意《ようい》して、しぼりぶくろに口金《くちがね》をセットした。

必死《ひっし》にがんばってるのは、わたしだけじゃない。

そう思うと、勇気《ゆうき》がわいてきた。

ほんとうに見るって、どういう意味《いみ》だろう……。

トニーさんのいうことはわからないけれど、時間を見つけると、なるべくお店のショーケースを見るようにした。ノートにケーキの絵をかきながら、クリームのしぼり方を書きこんでいく。

ピエール・ロジェで使《つか》われている口金《くちがね》は、形や大きさによって、アルファベットや番号でわけられていた。

（このケーキのクリームは、C《シー》８の口金が使われている？　あっちはB《ビー》５……ううん、Ｂ６かな？）

星型《ほしがた》や丸型、波型《なみがた》にリーフ型、さまざまな形がある。ピエールさんやトニーさんが、流《なが》れるようにクリームをしぼっていく姿《すがた》が目にうかんだ。

わたしも、こんなふうにしぼれるかな……。

わたしは目をとじて、クリームをしぼるように想像《そうぞう》しながら手を動《うご》かした。

クリームが入ったしぼりぶくろの上をキュッとねじり、右手でしっかりもつ。左手はしぼりぶくろのまん中に軽《かる》くそえる程度《ていど》。右手でクリームをおしだすように、ぐっとしぼっていく。ああ、ちょっと力を入れすぎた。ツノがのこらないようにするためには……。

「マリエ～！　何やってんの？」

ルナの大きな声で、頭の中のイメージがパッと消《き》えてしまった。

「もう！　せっかく、きれいにできそうだったのに！」

まゆをよせて、ルナをにらんだ。

「なになに、それ。なんの遊《あそ》び？」

「遊《あそ》びじゃないよ……クリームしぼりのイメージトレーニング!」

「ふ〜ん。あいかわらず、変《か》わったことしてるねぇ」

ルナにいわれたくないんだけど……。

「うわ! マリエ、すごいじゃん! うちの店のお菓子《かし》が、ぜんぶかいてある!」

ルナが、わたしのノートをとりあげて、パラパラとめくった。

「ちょっと、かえして! そんなの、ちっともすごくないって」

「どうして、こんなことしてるの? もしかして、トニーさんがきびしいから?」

ルナが大きな声でいうから、わたしはハラハラした。

そこに運悪《うんわる》く、トニーさんがケーキをもってでてくる。

いまの、きこえちゃった!?

わたしはごくっとつばを飲《の》んで、うつむいた。

ショーケースにケーキをならべおわったトニーさんが、こちらにやってくる。

トニーさんにノートをとりあげられて、首をすくめた。

「まちがいだらけだ」

また、しかられるっ！

ドキドキしていると、すっとノートをかえしてくれた。ところどころ、口金《くちがね》の記号や番号がなおされている。

うわ……。

「あ、ありがとうございます！」

わたしは、あわてて頭をさげた。

きらいならほうっておくはず、というクリスティーヌさんのことばがよみがえる。

「あの……ひとつ、きいてもいいですか？」

「なんだ」

トニーさんのぶっきらぼうな声に、思わずひるみそうになる。でも、わたしはどうしてもききたかった。

「トニーさんがいってた、『ほんとうに見る』って、どういうことですか？　ひとつひとつしっかり見てるけど、わたしには、まだわからなくて……」

また、トニーさんにしかられるかもしれないと思ったけど、そんなことはなかった。

「マリエは、ならんでいるケーキを見て、どう思う?」

「どうって……すごくきれいだと思います。クリームのしぼり方も複雑《ふくざつ》で、せんさいで、わたしにはとてもまねできないような」

「そうか。ピエールさんのケーキは、たしかに技術的《ぎじゅつてき》にもすぐれている。でも、ほんとうのすごさは、そんなところじゃないんだ」

そんなふうにいわれても……。

わたしは困《こま》ってしまった。

「わたしは以前《いぜん》、パリのホテルでパティシエをしていた。しかし、修業《しゅぎょう》をはじめるのがおそかったせいで、先輩《せんぱい》といってもみんな年下ばかりでね。かげでわたしをバカにするものも多かった。だからわたしは、そいつらを見かえしたくて、必死《ひっし》で勉強《べんきょう》し、いろんなコンクールで入賞《にゅうしょう》するまでになったんだ」

ピエールさんやお兄ちゃんにきいた話を思いだしながら、わたしはうなずいた。

「だが、どんなに実績《じっせき》をつんでも、いつもだれかにバカにされているような気がして、不安《ふあん》は消《き》えなかった。そんなある日、ピエールさんがわたしのいたホテルに、パティシエの講習《こうしゅう》にやってきてね。そのころ、すでにピエールさんは、知らないパティシエはいないほど有名人《ゆうめいじん》だったんだよ」

トニーさんはなつかしむように、笑《え》みをうかべた。

「みんな、ピエールさんに気に入られたくて、ちやほやしてばかりだった。わたしはそれが気に入らなくてね。技術《ぎじゅつ》なら負《ま》けないと思っていたわたしは、レッスンで作るはずのお菓子《かし》とはちがうものを作って、ピエールさんを試《ため》そうとしたんだ。わたしのお菓子を食べて感心《かんしん》するか、レッスンをきいてないと怒《おこ》りだすか……わたしには、どちらでもよかった」

それは、びっくりするような話だった。世界的《せかいてき》なパティシエを試すだなんて。

「ところがピエールさんは、わたしの作ったお菓子をひと口食べて、首をかしげた。『これは、だれのために作ったお菓子だい？』ってきくんだ。びっくりしたよ。それまで、そんなことをいう人はいなかったからね」

ククッとわらって、トニーさんはつづけた。

「もちろん、食べてくれる人のためです、と答えたら、やっぱり首をかしげるんだ。『このお菓子《かし》には、だれかに食べてもらいたいという、あたたかさが感《かん》じられない』とね」

わたしは、ハッと息《いき》をのんだ。

まさか、ピエールさんは……。

「そう。ピエールさんは、お菓子を食べただけで、わたしの気もちまで見ぬいてしまったんだ」

「そんなことって……あるんですか？」

わずかに、声がふるえた。

「ああ。わたしもすぐには信《しん》じられなかった。でも、ピエールさんのお菓子を食べたとき、わかったんだ。自分がまちがっていたと」

「まちがい？」

「講習《こうしゅう》がおわったとき、ピエールさんは、わたしたちにお菓子を作ってくれた。でもそれは、なんのへんてつもない、ただのクッキーでね。こんな、だれでも作れるようなものをって、みんながっかりしたよ。でも、ひと口食べたとき、どの顔もおどろきと笑顔《えがお》に満《み》たされていった。それは、バラのクッキーでね。バラのかおりが口いっぱいに広がって、すばらしい味《あじ》だったんだ」

バラのクッキー……。どうして、ピエールさんはそんなものを？

「バラのかおりには、リラックス効果《こうか》がある。わたしたちパティシエが、ずっときんちょうしていたこと、そして修業《しゅぎょう》で毎日つかれていることを思いやって作ってくれたんだと、すぐにわかった。一見、へいぼんなクッキーには、わたしたちをおどろかせて、よろこばせたいという思いがこめられてたんだよ」

きいただけで、わたしの胸《むね》もいっぱいになった。

わたしは、もう一度《いちど》ショーケースを見た。シンプルなお菓子《かし》も、工夫《くふう》をこらしたお菓子も、同じようにピエールさんの思いがこめられている。だから、見た目も中身《なかみ》もすばらしいんじゃないかと思った。

「そのときわたしは、技術《ぎじゅつ》より大切なものに気づいた。だれかを見かえすために作ったお菓子《かし》が、おいしいわけがない。そのことを、ピエールさんから学んだんだ」

ドキンッとする。

わたしもそうだった。クリスティーヌさんのことを考えていたのはさいしょだけで、いつの間にか、ルカに負《ま》けたくなくて、トニーさんにみとめてもらいたくて、チョコレートのお菓子《かし》を作っていた。

しかも、せっかく日本から友だちが送《おく》ってくれたものを、そんなことに使《つか》うなんて……。

後悔《こうかい》が、波《なみ》のようにおしよせる。

そんな気もちでがんばっても、ダメだったんだ。

「わたしはピエールさんのもとで、もう一度《いちど》、基本《きほん》からやりなおしたいと思った。食べた人に、おいしいといってもらえるお菓子《かし》を作るためにね」

トニーさんのきびしさの理由《りゆう》がわかって、ことばがスーッと胸《むね》にしみていった。

「さぁ、休けいはおしまいだ。仕事《しごと》が山ほどあるぞ」

もう、トニーさんがこわいなんて思わない。

「はいっ」

自分でもびっくりするほど、大きな声がとびだした。

8 みんなの思い

「急《きゅう》によびだして、何の用だよ」

夕食のあと、リビングに、ルカ、ルナ、お兄ちゃんにあつまってもらった。ソファーにすわるみんなを、わたしは見まわした。

「みんなに、話があるの」

少し、きんちょうする。

「クリスティーヌさんが、パリの劇団《げきだん》からさそいを受《う》けてるらしくて、いくかどうか、まよってるんだって」

「え〜、クリスティーヌ、いなくなっちゃうの？」

ルナが大きな声でいうと、ルカはちらっとお兄ちゃんのほうを見た。

お兄ちゃんは、ゆかに視線《しせん》を落《お》としている。

「それが、なんだよ」

ルカの声が冷《つめ》たくひびいた。

「いつか、パリのオペラ座《ざ》で歌うのが、クリスティーヌさんの夢《ゆめ》なの。だからわたしは、クリスティーヌさんを応援《おうえん》したい。そんなお菓子《かし》を作りたくて……」

「どうして、他人の人生に口をだすんだ」

ルカが、怒《おこ》ったようにいう。

「おまえ、おせっかいすぎるだろ」

「わかってる。わたしもそう思うよ。でも……」

わたしはまよいながら、ふかく息《いき》をすった。

「クリスティーヌさんは、ピエール・ロジェのお客《きゃく》さんだよ。お客さんをお菓子《かし》でしあわせにしたいって思っちゃいけない？　そういう思いは、ルカにもあるでしょう？」

店番《みせばん》をするとき、ルカはお客さんの好《この》みや情報《じょうほう》をノートに書きとめている。だれより、お客さんのことを思っている証拠《しょうこ》だ。

「それに、これはクリスティーヌさんのためだけじゃない。わたしのためでもあるの」

「それ、どういうこと？」

ルナが、首をかしげる。

「この間、クリスティーヌさんに食べてもらったチョコレートのお菓子……。あれは、ルカに負《ま》けたくなくて、トニーさんにみとめられたくて作ったお菓子《かし》だったの。あんなお菓子を食べさせたままじゃ、わたしはずっと後悔《こうかい》する気がして」

うなだれていると、ルカが口をひらいた。

「なんだよ、それ。そんなこといったら、オレだって……」

そういって、ことばをつまらせる。

ルカも、後悔しているのかもしれない。

「だからわたし、もう一度《いちど》クリスティーヌさんに食べてもらいたい。チョコレートのお菓子で応援《おうえん》したい」

わたしは、お兄ちゃんを見て、ルカを見た。

部屋《へや》の中が、しずまりかえる。わたしの身勝手《みがって》な思いだってことは、わかってるけど……。

「でもさぁ、わたしは、クリスティーヌがパリにいかないほうがいいなぁ。いっちゃったら、オペラも見られなくなるし、さびしいもん」

ルナが、すねたように口をつきだす。

「そんなことない。クリスティーヌさんがパリのオペラ座《ざ》で歌うことになったら、きっとお兄ちゃんをよんでくれるよ。そしたらわたしたちも、いっしょにパリにいこう！」

「あ、そっか。あたし、パリにいきたい！　すしとラーメン、食べたい！」

ルナは、興奮《こうふん》して立ちあがった。パリでは、日本のすしやラーメンの店が人気らしい。もちろん、日本のマンガもたくさんあるから、ルナはパリにあこがれている。

「そうだな」

お兄ちゃんが、ふかいため息《いき》をついた。

「ぼくは、クリスティーヌがパリにいくのを応援《おうえん》するべきだと思う。そうしなかったら後悔《こうかい》するって、頭ではわかってるんだ」

わたしは、お兄ちゃんを見つめた。頭ではわかっているけど、心がついていかないという複雑《ふくざつ》な思いを感《かん》じる。

「オレは、クリスティーヌなんて関係《かんけい》ない」

ルカが、はきすてるようにいった。

「ほんとうに？　もう一度《いちど》クリスティーヌさんに、自分のチョコレートを食べてほしいって思わないの？」

「それは……」

ルカが、ことばにつまる。

「ね、だから、チョコレートのお菓子《かし》で……」

「じゃあ、アイディアはあるのかっ」

声をあらげるルカに、息《いき》をのんだ。

「お菓子《かし》で応援《おうえん》したいだなんて、そんなかんたんなもんじゃないだろ!?」

ルカのいう通りだった。

具体的《ぐたいてき》なアイディアは何もないし、そんなかんたんじゃないのもわかってる。でも……。

「だから、みんなに、意見《いけん》をききたくて。わたしひとりじゃ、ダメだから」

わたしはうなだれた。わたしにもっと、力があったら……。ピエールさんみたいに、あふれるほどの思いをお菓子にこめられたらいいのに。

「かんたんじゃないかもしれないけど、チャレンジしてみる価値《かち》はある

よ」

そういったのは、お兄ちゃんだった。

「チョコレートのお菓子《かし》ときいて、ひとつ思いついたことがある。クリスティーヌは、オペラケーキが好《す》きだなって思いだして」

「オペラ?」

そういえば。

クリスティーヌさんは、よくオペラを買っていた。クリスティーヌさんの夢《ゆめ》と同じ名前のケーキ。

「オペラは、パリのオペラ座《ざ》の近くにある、有名《ゆうめい》なパティスリーが作りだしたケーキだ。そういう意味《いみ》でも、ふさわしいかもしれない」

「お兄ちゃん、作れるの？」

「オペラケーキは、多くの作業《さぎょう》が必要《ひつよう》で、店ではまだ全部《ぜんぶ》をまかされたことはないよ。でも……」

それまでうつむきがちだったお兄ちゃんが、スッと顔をあげた。

「ひと通りの作り方はわかってる。クリスティーヌのために、ふさわしいケーキを作ってみせるよ」

そういうお兄ちゃんは、とてもたのもしかった。

「でも、できたらルカにも手伝《てつだ》ってほしい。何しろオペラはチョコレートのケーキだし、ルカの力をぞんぶんに発揮《はっき》できると思うんだ」

「考えさせてくれ」

ルカが、ぶっきらぼうに返事《へんじ》をした。

「あたしは手伝《てつだ》うよ！」

ルナが大きく両手《りょうて》をあげても、ルカは席《せき》を立った。

「お店が休みの、あさっての午後《ごご》！　キッチンでまってるから！」

わたしは、ルカの背中《せなか》にむかっていった。


つぎの日の午後、ルナが、ひょこっと作業場《さぎょうば》に顔をだした。

「マリエ、クリスティーヌに、あしたの三時にお店にきてっていってっておいたよ」

わたしがお店のほうにでていくと、ルナは声を小さくした。

「せっかくハルキが、ルカにもチャンスをくれようとしてるのに……ルカ、くると思う？」

「わからない……。でも、ルカもわかってると思うんだ。このままじゃダメだって」

イライラしながらテンパリングをしていたルカを思いだすと、なんだかいたたまれない。

「クリスティーヌさん、何かいってた?」

「何も。でも、やっぱり元気がなかったよ。マリエのいった通り、なやんでるみたい」

そういったルナは、何かいいたげに目をパチパチさせた。

「どうしたの?」

「……みんな、すごいなぁと思って」

「すごいって?」

「だって、みんな落《お》ちこんだりなやんだりしながら、のりこえようとしてるでしょう? あたしなんて、マンガやアニメが好《す》きなだけで、夢《ゆめ》にむかってがんばるとかないじゃない? みんなを見てると、自分がダメみたいな気がしてくる」

ルナらしくないことばに、わたしはおどろいた。

「ルナだって、すごいよ！　アニメだって、そんなに好《す》きなものがあるなんて、うらやましいって思う。絵をかくのもうまいし、味覚《みかく》もするどいし……ちっともダメなんかじゃない！」

力をこめていうわたしを見て、ルナがプッとふきだした。

「そっかぁ。あたしにも、たくさん夢《ゆめ》のたねがあるのかもね」

ルナは、うれしそうにわらった。

9 オペラケーキ

ケーキ作りの約束《やくそく》の日、ルカは午前中《ごぜんちゅう》の勉強《べんきょう》も、お昼ごはんにも顔をださなかった。

午後《ごご》にキッチンにあつまったのは、コックコートを着たお兄ちゃんとわたし、それにエプロンをつけたルナだけだった。

「あ~あ、やっぱりこないのかなぁ」

ルナが、じれったそうにいった。

「先にはじめてようよ。そのうち、くるかもしれないし……」

わたしがいいかけると、ドアがひらいて、コックコートを着たルカが入ってきた。

「あ――――!」

わたしとルナがおどろいていると、お兄ちゃんがにっこりとわらった。

「きっとくると思ってた」

そうなの?

「オレは、クリスティーヌのパリ行きを応援《おうえん》するなんて反対《はんたい》だ。だいたい、好《す》きなもの同士《どうし》がはなれるなんて、おかしいだろ」

ルカのストレートないい方に、わたしの顔が熱《あつ》くなる。

「だったら、どうして……」

「見にきたんだ。ハルキが、どんなケーキを作るのか」

「そんな……見学にきたっていうの?」

コックコートまで着てるくせに！

おどろくわたしの肩《かた》に、お兄ちゃんの手がのった。

「ルカのいう通り、ほんとうのぼくは、クリスティーヌとはなれたくない。でも、夢《ゆめ》を応援《おうえん》したい気もちもほんとうなんだ」

お兄ちゃんが、わたしを見る。

「ぼくがフランスで修業《しゅぎょう》するのをまよってたとき、マリエが背中《せなか》をおしてくれただろう？」

「あ、うん」

いわれて、そのときのことを思いだした。

日本のホテルでパティシエをしていたお兄ちゃんは、フランスにこないかとピエールさんに声をかけられた。でも、決心《けっしん》がつかなくて、ひとりでかかえこんでたっけ。

「もし、あのときフランス行きをあきらめてたら、クリスティーヌに会うことはできなかった。だから今度《こんど》は、ぼくがクリスティーヌの背中《せなか》をおしてあげたいんだ」

お兄ちゃんは、ふっきれたように明るい表情《ひょうじょう》でいった。

「ぼくは、まだ一人前じゃない。でも、だからこそ、いまできるせいいっぱいの力で、クリスティーヌにオペラを作ってあげたいんだ」

そういって、ルカを見る。

「ルカには、さいごのしあげ、グラサージュをしてほしい」

「グラサージュ……」

ルカが、ぴくりと反応《はんのう》する。

グラサージュは、ケーキの表面《ひょうめん》にコーティング用のチョコレートを流《なが》しかけること。鏡《かがみ》のようにつややかにかがやいているのがオペラケーキの特徴《とくちょう》で、グラサージュのできばえが、完成度《かんせいど》を左右するといってもいい。とても重要《じゅうよう》な役割《やくわり》だ。

「オレは……」

それでもルカは、まだ乗《の》り気《き》じゃないようだ。

「ハルキの気もちが、完全《かんぜん》に理解《りかい》できたわけじゃない。協力《きょうりょく》するかどう

かは、あとで決《き》める」

「え？　あとで決めるって……」

どういうこと？

「オレがグラサージュするに値《あたい》するような生地《きじ》ができたら……やっても

いいってことだ」

「何それ！」

「いや、それでいいよ」

怒《おこ》るわたしをとめて、お兄ちゃんがニヤッとわらう。

「ルカがグラサージュしたいと思えるくらいのものじゃなきゃ、クリスティーヌにはあげられないからな」

お兄ちゃん……。

まよってるひまはない。こうなったら、やるしかない！

「これが、ルセットだ」

お兄ちゃんが、冷蔵庫《れいぞうこ》にペタッと磁石《じしゃく》ではりつける。ルセットっていうのは、材料《ざいりょう》や作り方が書かれたレシピのこと。

「きょうのために、とくべつなルセットを考えてきた」

とくべつなルセットって……どういうことだろう？

「生地《きじ》はぼくが作るから、マリエとルナは手伝《てつだ》ってくれ。そして、しあげはルカのグラサージュと……」

そういいながら、ひとさし指《ゆび》で、ルセットを指さした。

「マリエには、クリームでバラを作ってほしい」

「えぇっ！」

思わず、大きな声がでた。

「クリスティーヌのカルメンから、思いついたんだ。オペラに赤いバラの花がかざられてたら、よろこんでくれるだろうなって」

お兄ちゃんのことばに、ルカがうなずく。

「ああ。クリスティーヌが赤いバラをもって歌ったとき、バラのかおりがただよってくるような迫力《はくりょく》があったな」

そうだけど……でも。

「まだ練習《れんしゅう》してる最中《さいちゅう》だし、クリームでバラなんて、責任《せきにん》が重《おも》くて」

ことばにつまった。お兄ちゃんったら、何を考えているんだろう。

「マリエ」

お兄ちゃんが、まっすぐにわたしを見つめた。

「ぼくらは、まだ半人前だ。だからこそ、どんどんチャレンジしていかなくちゃ、前に進《すす》めないんだよ」

お兄ちゃんのいうことはわかるけど……自信《じしん》がない。でも、まよっているよゆうもなかった。

「わかったよ」

わたしがうなずくと、さっそく準備《じゅんび》がはじまった。

ビスキュイ・ジョコンドの材料《ざいりょう》、ガナッシュ、コーヒー風味《ふうみ》のバタークリームなんかを用意《ようい》する。何層《なんそう》にも重《かさ》ねるから、材料《ざいりょう》の種類《しゅるい》もほかのケーキより多い。

わたしとルナは、お兄ちゃんの指示《しじ》にあわせて、手ばやく材料をはかったり、粉《こな》をふるったりした。

お兄ちゃんは、チャッチャッとあわ立て器《き》を動《うご》かしながら、つぎにやるべきことをいう。手ぎわがよくて、キッチンが

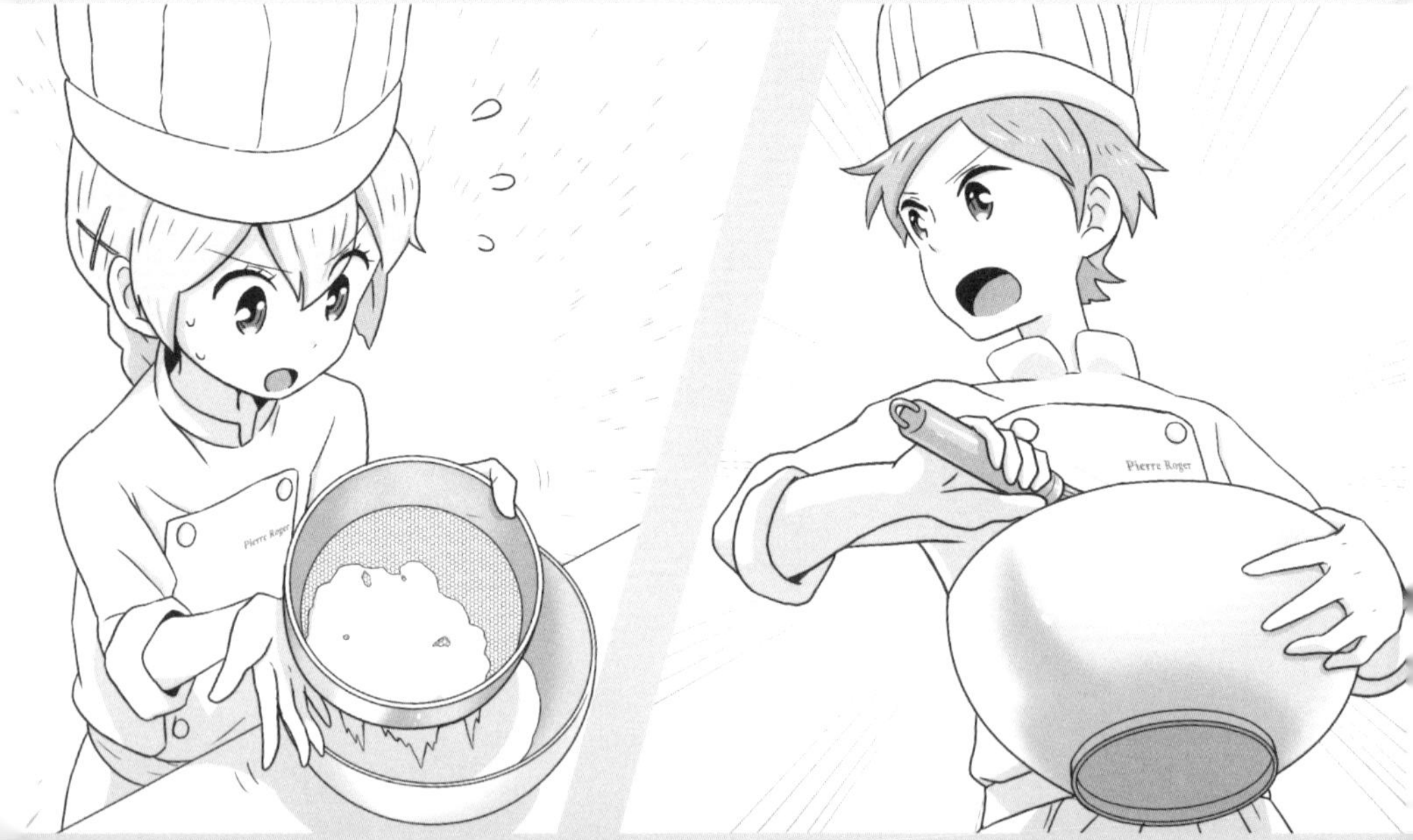

作業場《さぎょうば》のように活気《かっき》づいた。

わたしだって、負《ま》けてられない！

わたしがイタリアン・メレンゲを作っている間、ルナはなべに牛乳《ぎゅうにゅう》、グラニューとう、バニラビーンズをあわせてあたため、コーヒー風味《ふうみ》のバタークリームを作りはじめた。

わたしたちがいそがしく動《うご》きまわっている間も、ルカはほんとうに何もしなかった。リビングのソファーにすわって、何か本を読んでいる。

「ガナッシュの味《あじ》、みてくれる？」

「コーヒー味《あじ》のシロップもできたよ」

わたしとルナがいうと、お兄ちゃんが、それぞれの味のしあげをした。

「ビスキュイ・ジョコンドも焼《や》きあがった」

オーブンをあけると、アーモンドのいいかおりが、ふわっとキッチンに広がった。さすがお兄ちゃん、上手《じょうず》にできている。

四角い形の生地《きじ》を、四まいにスライスする。コーヒーシロップをはけでしみこませ、一番下の生地にバタークリームをぬり広げた。

しんちょうに手を動《うご》かすお兄ちゃんを、わたしとルナはじっと見まもった。

二まい目の生地を重《かさ》ね、シロップとガナッシュをぬる。つぎに三まい目の生地を重《かさ》ね、シロップとバタークリームをぬり広げた。

味のちがうものを重《かさ》ねることで、変化《へんか》とハーモニーを生みだしている。

でも、クリームが少ないとものたりないし、多すぎるとしつこくなる。

びみょうな味《あじ》のバランスがむずかしく、腕《うで》の見せどころだった。

さいごに、四まい目の生地《きじ》をのせて、シロップをぬったら、さらにバタークリームをうすくぬる。

「……できた」

お兄ちゃんが、ふうっと小さく息《いき》をついた。

「う〜ん、いいにおい！」

ルナが、鼻《はな》から息をすいこむ。

あとは、グラサージュ……。

ルカが、つかつかとやってきた。

「見た目は、悪《わる》くないな」

そういうルカに、わたしはまゆをよせた。

ルカのことだから、おいしくないと感《かん》じたら、絶対《ぜったい》にグラサージュをしないだろう。

お兄ちゃんが、生地《きじ》のはしをケーキナイフでまっすぐに切る。何層《なんそう》にも重《かさ》なった断面《だんめん》があらわれて、思わずため息《いき》がもれた。

きれい……。

オペラケーキを考えた人の思いのふかさが、伝《つた》わってくるようだった。

ルカは、切られた生地《きじ》を、フォークでさした。そのまま、口にもっていく。

わたしとルナは、息をのんで見つめた。

ルカは口を動《うご》かすと、いっしゅんまゆをよせて、考えるしぐさをした。

「どうなの!?」

まちきれずにきくと、ルカはハッとして、ぶっきらぼうにいった。

「悪《わる》くない」

「悪くないって、どういう意味《いみ》!?」

さらにつめよると、ルカはふっと表情《ひょうじょう》をやわらげた。

「この生地《きじ》なら、グラサージュしてやってもいいってことだよ」

そういうと、お兄ちゃんがホッとしたように息《いき》をはきだした。

「ルカ、たのむよ。そのかわり……」

今度《こんど》は、お兄ちゃんが強気にいう。

「ぼくの生地をだいなしにしないでくれよ」

「わかってるって」

選手交代《せんしゅこうたい》するように、お兄ちゃんとルカが、かた手をパンッと合わせた。ルカの笑顔《えがお》はこわばってて、少しきんちょうしているようにも見える。

オペラケーキの象徴《しょうちょう》ともいえる、グラサージュ。

チャンスは、一度《いちど》だけ。

だれも助《たす》けることはできない。

チョコレートをテンパリングするルカを、わたしたちは見まもることしかできなかった。

チャッチャッチャッ。

チャッチャッチャッ。

リズムにのって、チョコレートに集中《しゅうちゅう》しようとしているようだ。

ひさしぶりに見る、いきいきとしたたすがたにホッとする。調子《ちょうし》は悪《わる》くないみたい。それどころか、いつになく楽しそう

に、ワクワクしているように見える。ルカがそんな気もちになれるのは、生地《きじ》のせいかもしれない。お兄ちゃんが作った生地は、どんな味《あじ》なんだろう。

やがてできあがったチョコレートを、ルカがパレットナイフでぬっていく。シャッシャッと、手ばやく、ていねいに広げていく。

その見事《みごと》な手さばきに見とれた。

すごい……。

「できた」

ルカのことばにハッとして、ケーキを見た。グラサージュが、ピシッときれいにできている。

「かんぺきだ」

お兄ちゃんが、ゆっくりとうなずく。わたしも何かいいたかったけど、そのうつくしさをことばにすることができなかった。

「一時間くらい冷蔵庫《れいぞうこ》で冷《ひ》やしたら、さらにつややかになると思う」

ルカがいって、みんなの表情《ひょうじょう》がやわらいだ。

「きっと、クリスティーヌもよろこんでくれるよね」

ルナが、はずんだ声でいった。

「いや、まだ、さいごのしあげがのこってる」

ルカのつぶやきに、わたしはドキッとした。

「あれは、パリの店《みせ》にも負《ま》けないオペラケーキだと思う。下手《へた》したら、じいちゃんにだって負けないくらい」

まさかと思うけど、ルカはしんけんな顔でいう。

そんなオペラケーキのしあげが、わたしのクリームなんて……。

「何をまよってるんだ」

突然《とつぜん》、声がきこえてびっくりした。

「トニーさん！」

キッチンの入り口に、トニーさんが立っている。

「あしたのしこみをしに作業場《さぎょうば》にいったら、家の中から、いいにおいがしてくるなと思ってね」

そういって、肩《かた》をすくめる。

「あの……」

とまどっていると、トニーさんは、まっすぐにわたしを見た。

「マリエの練習《れんしゅう》の成果《せいか》を見せてもらおうじゃないか」

「わたしの、練習の成果？」

「ああ。毎朝、クリームしぼりの練習をしてるだろう？」

「知ってたんですか⁉」

わたしは、目を見ひらいた。

「バカにしちゃいけないよ。そんなこと、わたしもピエールさんもお見通しだ」

「ピエールさんも⁉」

わたしは、さらにおどろいた。

「マリエのひたむきさを見て、わたしもパティシエになりたいと強く思っていたときを思いだしたよ。いまのマリエなら、クリームでバラを作ることだってできるはず。やってごらん」

とたんに、胸《むね》が高鳴った。

できる？

自分にきいてみるけど、わからない。

「やってみなよ、マリエ！」

ルナがいって、お兄ちゃんとルカも
うなずいた。

「わたし……」

ごくんとつばを飲《の》みこんで、
みんなを見る。

「やってみます！」

わたしは、せいいっぱいの力で、前に進《すす》むことにした。

10 夢《ゆめ》の味《あじ》

冷蔵庫《れいぞうこ》からとりだしたオペラケーキの表面《ひょうめん》は、鏡《かがみ》のようにつややかにかがやいていた。

「きれい！」

パリの貴婦人《きふじん》のように気高《けだか》く、うつくしい。ルカの思いが、こめられているような気がする。

「ルナ、味見《あじみ》をたのむよ」

お兄ちゃんは、ケーキのはしをうすく切ってから、ルナにわたした。

お兄ちゃんも、ルナの味覚《みかく》を信頼《しんらい》している。ルナなら、お世辞《せじ》ぬきで感想《かんそう》をいってくれるはず。

「どれどれ」

パクッと食べて、味《あじ》わう。

「ん？」

いっしゅん、首をかしげるから不安《ふあん》になった。

「おいしくないの？」

「そんなことない。おいしいよ、すごく。でも……」

ひっかかるようないい方に、じれったさを感《かん》じた。

「なんだかちょっと、個性的《こせいてき》……。そっか！」

ルナの顔に、パーッと笑顔《えがお》が広がった。

「ルカが、生地《きじ》の味《あじ》を見てから決《き》めるっていった意味《いみ》が、わかったよ！」

ルカがはずかしそうにそっぽをむいて、お兄ちゃんはうなずいた。

わたしだけが、わけがわからないみたい。

「じゃあ、つぎは、マリエの番だ」

お兄ちゃんが、わたしを見た。

トニーさん、ルカ、ルナも、わたしを見ている。

「はい……クリスティーヌさんのために、赤いバラをかざります」

クリームを作り、色素《しきそ》を入れると、あざやかな赤になった。

バラの花びらの形を作る口金《くちがね》を、しぼりぶくろにつけ、クリームをつめる。しぼりぶくろをもつ手が、かすかにふるえた。

「一番上手《じょうず》にできたバラを、クリスティーヌにだせばいい。きんちょうしなくてもいいからな」

そうだ。四角いケーキを切りわけて、その上にバラをのせていく。だから、一番よくできたバラを選《えら》べばいい。

お兄ちゃんのおかげで、少しだけ肩《かた》から力がぬけたけど、やっぱり失《しっ》敗《ぱい》したらと思うとこわかった。

「マリエがどれほどがんばってきたか、オレが一番知っている」

ぼそっといった、ルカのことばにハッとする。

ルカはテンパリングを、わたしはクリームしぼりを、毎朝ずっとやってきた。話なんてしなかったけど、わたしもルカのがんばりを、ずっとそばで見ていた。

そのルカがいうなら、自《じ》信《しん》をもっていいかもしれない。

「マリエ〜！　これを見てやって！」

ルナが、息《いき》を切らしながら、みずみずしい赤いバラをさしだした。

「これ、どうしたの？」

「うら庭《にわ》でつんできた！　もうほとんどおわってたんだけど、一輪《いちりん》だけのこってたから！」

「ルナ……ありがとう」

それは、秋にうら庭で見かけてたバラだけど、ルナがもってきてくれた一輪は、とりわけかがやくようにうつくしく見えた。冬のおとずれに、さいごの力をふりしぼって、せいいっぱい、さいているように見える。

それを花びんにさしてもらうと、わたしはしぼりぶくろをもちなおした。

手の中の台をクルッとまわしながら、花びら一まい一まいを、まきつけるようにしぼっていく。ひとつできあがるたびに、黒くつややかなオペラケーキの上にのせていった。

「だんだん、うまくなってきたみたい」

「いいんじゃないか？」

集中《しゅうちゅう》しながら、まわりの声にはげまされた。

どうすれば、うまくしぼれるだろう？

どうすれば、思いを伝《つた》えられる？

頭の中が、疑問《ぎもん》でいっぱいになる。

「手首を使《つか》って」

「動《うご》きに、強弱をつけるんだ」

短《みじか》いことばで、トニーさんがたびたび声をかけてくれた。

つぎで、さいご……。

「ちょっとまった」

トニーさんがとめて、クリームのバラを、ひとつひとつていねいに見

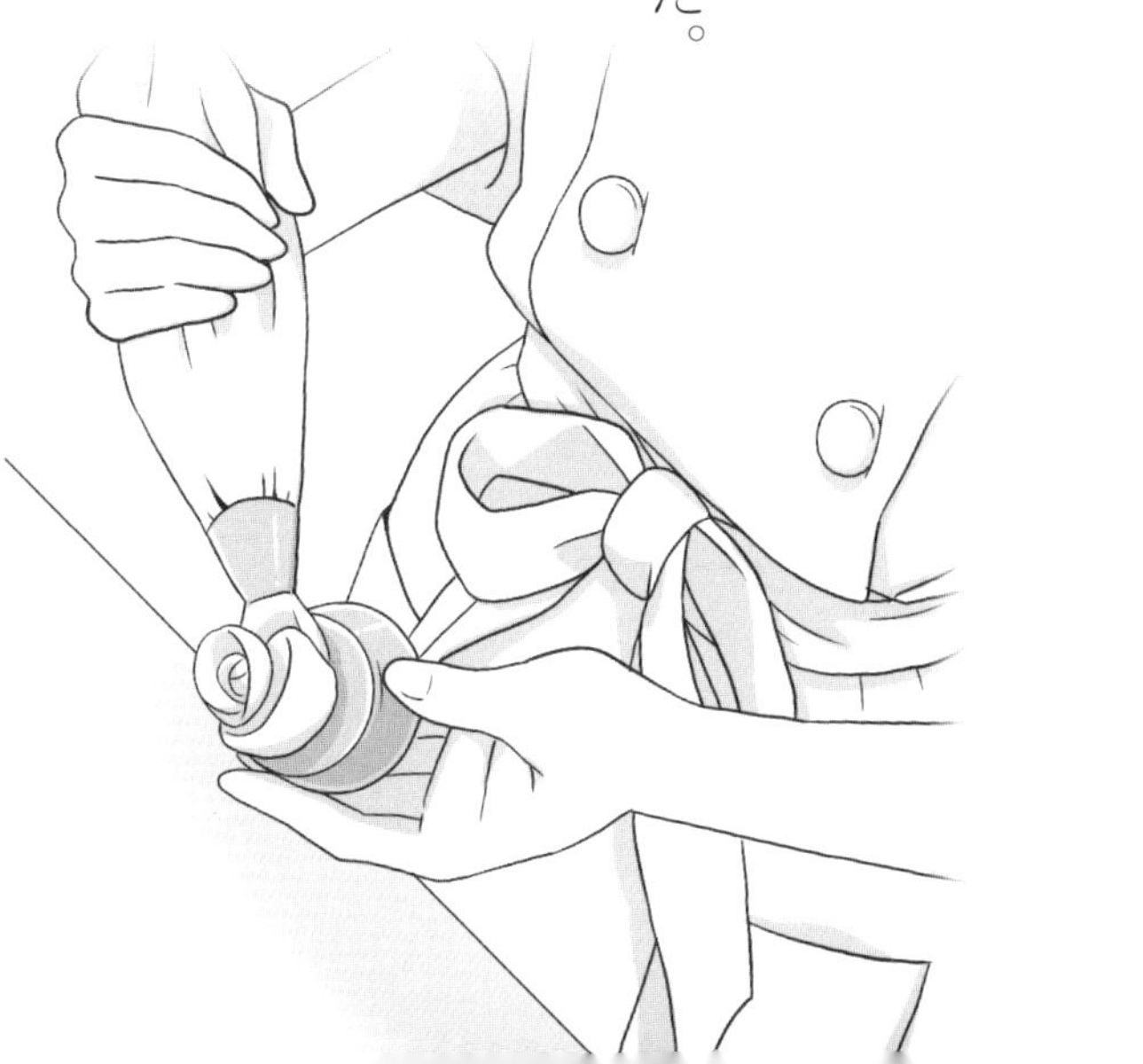

ていった。

「まだ、まよいがある」

「まよい？」

「ああ。クリームをしぼるときは、まよったらダメだ。よけいなことは考えるな」

そういわれても、考えないでしぼるなんて、むずかしすぎる。

「頭で考えるんじゃない。マリエの心が、感《かん》じるままにしぼるんだ」

わたしの、感じるままに？

もう一度深呼吸《いちどしんこきゅう》して、頭の中をからっぽにしようとした。

すーっと息《いき》をすいこむと、花びんにさしたバラが、ふわりとかおった。

クリスティーヌさんのカルメンのシーンが、あざやかによみがえる。

できる！

ふいに、そう思った。しぼりぶくろをもつ、手のふるえがとまる。

毎朝やってたようにやればいい。

グッと大胆《だいたん》にしぼり、スッと力をぬく。クルッと台を回転《かいてん》させて、手ばやく。内側《うちがわ》から外側に、花びらをひらいていく。

「できた……」

はりつめていた空気が、ふっとゆるんだ。

「ほら、見事《みごと》にさいたじゃないか」

トニーさんにいわれて見ると、ほか

のどのバラよりも、きれいにさいているように見えた。

「ほかにも、いろいろなしぼり方があるんだから、ぐずぐずしているひまはないぞ」

「え？」

わたしは、目をぱちくりした。

「先に進《すす》みたかったんじゃないのか？」

「は、はい！」

わたしはトニーさんに頭をさげて、ふりむきざまに、ルカとルナの手をとった。

「やった！　やったよ！」

手をにぎりしめながら、顔を赤くするルカを見て、「ご、ごめん！」と手をはなした。

「いいできだよ。よくやった」

お兄ちゃんに肩《かた》をたたかれて、胸《むね》のドキドキをおさえた。さいごのしあげにお兄ちゃんが、金ぱくをふりかけると、バラの花が気高《けだか》くかがやいて見えた。

「あー、クリスティーヌがきたみたい！」

ルナが窓《まど》から身《み》をのりだして、みんなが顔を見あわせた。

表《おもて》にいくと、カフェのテラス席《せき》に、クリスティーヌさんがすわってた。ひとりで物思いにふけるすがたは、ハッとするほどきれいだけど、とても孤独《こどく》でさびしそうに見える。

「クリスティーヌ」

お兄ちゃんがよびかけると、クリスティーヌさんは笑顔《えがお》を作った。

「ハルキ！　きょうはおまねきありがとう。とくべつなケーキをごちそうしてくれるってきいたんだけど」

「ああ。きょうは、マリエが企画《きかく》したんだ」

てれたようにいうと、お兄ちゃんは顔をひきしめた。

「ぼくが生地《きじ》を焼《や》いて、ルカにグラサージュしてもらい、マリエがしあげをした」

「それをごちそうしてくれるのね！」

クリスティーヌさんが、両手《りょうて》をあわせた。

「うん。クリスティーヌのために、みんなで作ったんだよ」

お兄ちゃんの目を見て、クリスティーヌさんも、その意味《いみ》がわかったようだ。しんけんな顔で、うなずいている。

オペラケーキを、お兄ちゃんがカフェにはこんだ。

テーブルにおくと、クリスティーヌさんが目を見ひらいた。

「まぁ！　赤いバラ」

見つめながら、みるみる目がうるんでいる。

「オレが、グラサージュした」

と、ルカがいい、すかさずルナが、

「マリエがクリームで、バラを作ったんだよ！」

と、いった。

「カルメンを思いだしながらしぼりました。あのときのクリスティーヌさん、とってもステキだったから」

わたしがいうと、クリスティーヌさんはうなずいて、お兄ちゃんを見た。

「みんな、ありがとう」

クリスティーヌさんは、ていねいにフォークで切りわけると、優雅《ゆうが》なしぐさで口に入れた。

にっこりとわらうそのほほに、ひとすじの涙《なみだ》が伝《つた》っていく。

「おいしい……。でも、おいしいだけじゃないわ。わたしの好《この》みの味《あじ》で作ってくれたのね」

「え？　どういうこと？」

まわりを見ると、わたし以外《いがい》、みんなわかっているような顔でうなずいている。そういえば、わたしはまだ試食《ししょく》

をしていなかった。

「ピエール・ロジェのオペラもおいしいけど、これは、まったくちがうおいしさね。わたしの好《この》みにあわせて、ガナッシュのカカオ分が高いし、きざんだオレンジピールが入ってる。それにあわせるように、グラサージュにもオレンジリキュールが入ってて、とてもバランスがいいわ」

「オレは、生地《きじ》にあわせて味《あじ》を調整《ちょうせい》しただけだ」

ルカが、てれたようにお兄ちゃんを見る。

ケーキが個性的《こせいてき》だと、ルナがいってた意味《いみ》がやっとわかった。お兄ちゃんは、クリスティーヌさんの好みにあわせて生地を作り、ルカはその生地《きじ》にあわせて、チョコレートの味を変《か》えたんだ。

「これは、わたしだけのオペラ。こんなの、わたしのことをよくわかってる人にしか作れないわね」

そういって胸《むね》に手をあてると、クリスティーヌさんの目から、つぎつぎと涙《なみだ》があふれていった。

「わたし……こわかったの」

クリスティーヌさんは、ことばを切って、お兄ちゃんを見つめた。

「パリにいくべきかどうか、ハルキにきくことが。どちらの答えでも、傷《きず》つくような気がして……。でも、いまわかったわ。口にださなくても、ハルキは、わたしのことをわかってくれているんだって」

「いや、ぼくもこわかったんだ。自分に自信《じしん》がもてなくて。でも、オペラケーキを完成《かんせい》させることができて、答えがでたよ」

お兄ちゃんはくちびるをひきしめて、決心《けっしん》したように、クリスティーヌさんにむきあった。

「ぼくは、クリスティーヌを愛《あい》してる」

わたしは口をおさえて、ルナは「きゃっ」ととびはねた。

「だから……」

クリスティーヌさんの両肩《りょうかた》に手をおいて、お兄ちゃんが告白《こくはく》する。

「ひと足先に、パリでまってててくれないか？　ぼくも、ここでの修業《しゅぎょう》をおえたら、すぐに追《お》いかけるから」

不安《ふあん》げだったクリスティーヌさんに、見たこともないような笑顔《えがお》が広がる。

「え？　そうなの？」

わたしはびっくりした。そんなの、きいてない！

おどろくわたしに、お兄ちゃんは、しずかにいった。

「実《じつ》は、ピエールさんからもいわれてたんだ。パリの有名店《ゆうめいてん》やホテルで修業《しゅぎょう》をして、もっと広い世界《せかい》を見てくるようにってね。でも、すぐじゃない。まだ、ここで学びたいことがたくさんあるからさ」

お兄ちゃんがそういっても、クリスティーヌさんは、少しもさびしそうな顔はしなかった。

「ええ、まってる。パリにいっても、ときどき帰ってくるわ。だって、こんなステキなケーキ、パリでは食べられないもの」

クリスティーヌさんとお兄ちゃんが、見つめあう。

すごくいいふんいきで、わたしたちはおじゃまって感《かん》じ。そんな空気にたえられなくて、わたしは大きな声をだした。

「わたしも食べたくなっちゃった！」

ルナはくすくすわらい、ルカはあきれた顔をしている。

だって……お兄ちゃんがほかの人のものになっちゃうみたいで、ちょっとだけさびしかったんだもん。でも、クリスティーヌさんなら、いいかなって思う。

わたしたちは紅茶《こうちゃ》をいれて、オペラケーキを食べた。

「このバラ、ちょっとゆがんでる～」

ルナが、指《ゆび》をさしてわらっている。

「こっちのは、かれかけてるな」

ルカにも、皮肉《ひにく》をいわれた。

でも、いいんだ。つぎの修業《しゅぎょう》に進《すす》めるんだから！

「わ、おいしい！」

はじめて、自分たちが作ったオペラケーキを食べながら、わたしは感《かん》激《げき》した。

ルナのいう通り個性的《こせいてき》だけど、ルカのいうとおり、ピエール・ロジェのオペラにも負《ま》けないくらいおいしい！

そしてそのおいしさが、生地《きじ》とグラサージュのハーモニーにあると感《かん》じた。

「ね、いつものルカと、ちがうでしょう?」

ルナが、ニヤニヤしていう。

「うん。チョコレートの味《あじ》が、ひかえめっていうか……」

「そう! ルカのチョコレートって、いつも存在感《そんざいかん》が強いんだけど、これはちがう。生地との調和《ちょうわ》が、考えられている」

それって、まさか……。

「ルカったら、ハルキの生地をひきたてようとしたんだね」

あの、ルカが? うそみたい!

「ったく。うるさいやつだ。ハルキが、とくべつなルセットっていってただろ! そんな生地をだいなしにできるか!」

てれたように、ガツガツと食べている。

わたしももう一度《いちど》、ケーキを味《あじ》わった。

クリスティーヌさんの夢《ゆめ》、みんなの夢がつまっている。

ルナが、しみじみといった。

「夢って、こんな味がするんだねぇ」

そうかもしれない。

夢って、あまくて、ほろにがくて、きっといろんな味がするんだ。

「お兄ちゃんたちのウェディングケーキは、わたしにまかせてね！」

そういうと、お兄ちゃんとクリスティーヌさんの顔が、まっ赤になった。

それまでに、一歩でも世界一《せかいいち》のパティシエールに近づけるように、がんばらなくちゃ！

マリエとあんこのエアメール

あんこへ

　ボンジュール！　日本から、おいしい和菓子《わがし》をたくさん送《おく》ってくれてありがとう。わたしは毎日、フルーツをカットしたり、クリームしぼりをしたりしています！

　教えてくれるトニーさんは、きびしいけれど、とってもやさしいの。

実《じつ》はね、お兄ちゃんにクリスティーヌさんっていう、ステキな恋人《こいびと》ができたんだよ。それで、みんなでオペラっていうチョコレートケーキを作ったの。そのとき使《つか》った、バラの花を、おし花にしたから送るね☆

マリエ

マリエへ

お手紙とおし花をありがとう！　和菓子《わがし》、よろこんでもらえてよかった～。マリエ、修業《しゅぎょう》がんばってるんだね。あたしも負《ま》けられないなぁ。そうそう、この間、新しい上生菓子《じょうなまがし》に挑戦《ちょうせん》したの。なかなか上手《じょうず》にできたんだよ。それで、実《じつ》はあたしたち、すっごい計画を立ててるんだ！　決《き》まったら、ちゃんと話すから楽しみにしてて！

マリエがさびしくないように、あたしたちの写真《しゃしん》を入れておくね！

あんこ

工藤《くどう》純子《じゅんこ》先生からのメッセージ

みなさん、こんにちは！　いよいよ、マリエの修業《しゅぎょう》がはじまりました。日本でたくさんお菓子《かし》を作っていたマリエも、プロの世界《せかい》では大変《たいへん》そうです。できないとくやしくて、泣《な》きたくなることもあるけれど、仲間《なかま》がいれば乗《の》りこえられる！　マリエは、そんなことも学んでいるんですね。つぎのお話では、いよいよマリエの親友、あんこが登場《とうじょう》します！　ルカやルナと、友だちになれるかな？　どうぞ、お楽しみに！

お菓子《かし》について東京製菓学校《とうきょうせいかがっこう》の梶山浩司《かじやまこうじ》先生、益田一亜輝《ますだかずあき》先生に、また、フランスの生活について海老原円《えびはらまどか》さんに教えていただきました。ありがとうございました。

作　工藤純子

東京都在住。てんびん座。AB 型。
「恋する和パティシエール」シリーズ、「ダンシング☆ハイ」シリーズ、「GO!GO! チアーズ」シリーズ、「ピンポンはねる」シリーズ、『モーグルビート！』『モーグルビート！　再会』（以上ポプラ社）「ミラクル☆キッチン」シリーズ（そうえん社）『セカイの空がみえるまち』（講談社）など、作品多数。

絵　うっけ

東京都在住。やぎ座。O 型。
ゲーム制作会社にてデザイナーとしてゲームの企画・開発にたずさわったのち、フリーのイラストレーターに。児童書の作品に「恋する和パティシエール」シリーズ、「初恋ダイアリー」シリーズ、『女王さまがおまちかね』（以上ポプラ社）、「フェアリーキャット」シリーズ（講談社）などがある。

プティ・パティシエール 2
プティ・パティシエール　恋《こい》するショコラはあまくない？

2016 年 12 月　第 1 刷
2020 年 1 月　第 2 刷

作　工藤純子
絵　うっけ
発行者　千葉 均
編 集　潮紗也子
デザイン　岩田里香
発行所　株式会社ポプラ社
〒102-8519　東京都千代田区麹町 4-2-6　8・9F
電話（編集）03-5877-8108
電話（営業）03-5877-8109
ホームページ www.poplar.co.jp
印刷　中央精版印刷株式会社
製本　株式会社ブックアート

ISBN978-4-591-15265-2 N.D.C.913/ 190P / 21cm　Printed in Japan

お手紙、まってます！
〒102-8519
東京都千代田区麹町 4-2-6
8・9F
株式会社ポプラ社
「プティ・パティシエール」係
いただいたお手紙は
作者におわたし
します。

P4134002

恋《こい》する和パティシエール《わぱてぃしえーる》

工藤純子 作　うっけ 絵

1 夢《ゆめ》みるハートのさくらもち

2 栗《くり》むしケーキでハッピーバースデー

3 キラリ！海のゼリーパフェ大作戦《だいさくせん》

4 ホットショコラにハートのひみつ

5 決戦《けっせん》！友情《ゆうじょう》のもちふわドーナツ

6 月夜のきせき！パンプキンプリン

わたしたちが、いっしょにいろいろ工夫《くふう》してオリジナルのお菓子《かし》を作るお話。楽しくておいしいお菓子がいっぱいよ！！ぜひ読んでみてね♪

プティ・パティシエール

オリジナルポストカード&ミニしおり!

水色の線《せん》で
切りとって
使《つか》ってね♪

フランス語
ひとことレッスン♪

Merci!

メルシー

意味《いみ》

ありがとう!

感謝《かんしゃ》の気もちを
つたえることって、
大切だよね♪

ポプラ社

Post Card

切手を
はってね。

ポプラ社

Petite pâtissière

Petite pâtissière
Petite pâtissière
Petite pâtissière
Petite pât
Petite pâtissière
Petite pâtissière